दुखियारी लड़की

(कहानी-संग्रह)

दुखियारी लड़की

तसलीमा नसरीन

अनुवाद
सुशील गुप्ता

वाणी प्रकाशन

वाणी प्रकाशन का 'लोगो'
विख्यात चित्रकार मक़बूल फ़िदा हुसेन की
कूची से

ISBN : 978-93-5229-205-9

वाणी प्रकाशन
21-ए, दरियागंज, नयी दिल्ली-110002
द्वारा प्रकाशित

फोन : 0091#11#23273167, 23275710
फैक्स : 0091#11#23275710
ई-मेल : vaniprakashan@gmail.com
vani_prakashan@yahoo.com
वेबसाइट : www.vaniprakashan.in

प्रथम संस्करण : 2005
द्वितीय आवृत्ति : 2009

मूल्य : 100.00

शिवम् ऑफसेट, शाहदरा, दिल्ली-110032
द्वारा मुद्रित

DUKHIYARI LADKI
Stories by : Taslima Nasrin
Translated by : Sushil Gupta

अनुक्रम

दुखियारी लड़की

जन्म का पाप

मेरे जन्म के समय, मेरी माँ के गले में चार-चार ताबीज़ थे। उस ताबीज़ में बेटा होने की दुआ थी। वह ताबीज़ बेशारतुल्लाह पीर ने दिया था।

पीर साहब के पाँवों पर लोटकर मेरी माँ ने मिन्नतें की थीं, ''बेटा ना भया तो मोरा पति हमका तलाक दै देगा, हजूर।''

पीर साहब भड़भड़ाकर बोलते रहते थे और जब बोलते थे, तो अपनी पाँचों उँगलियों से अपनी दाढ़ी भी सँवारते रहते थे।

छत की सीलिंग की तरफ, अपनी अपार ममतालु आँखें गड़ाकर, उन्होंने फरमाया, ''अल्लाह का नाम लो। अल्लाह के अलावा देनहार मालिक और कोई नहीं है। मैं तो जरिया भर हूँ। आधी रात को अल्लाह का ज़िक्र किया करो। परवरदिगार दो जहाँ के मालिक हैं। तुम उनके सामने रोओ, आलेया! अगर तू रोएगी नहीं, तो उनका दिल नरम कैसे होगा? बताओ? बंदा अगर हाथ फैलाता है, तो अल्लाह उसे कभी खाली हाथ नहीं लौटाता। वे बेहद मेहरबान हैं।''

आलेया पीर साहब के सामने ही उकड़ूँ होकर ज़ोर-ज़ोर से विलाप कर उठी। बेटा होने की शर्त पर वह आधी रात को ही क्यों, सारी रात अल्लाह का ज़िक्र करेगी।

बेशारतुल्लाह ने अपना हाथ दाढ़ी से हटाकर, आलेया की पीठ पर रखा। उनकी निगाहें कमरे की सीलिंग से फिसलकर, आलेया के घने-काले बालों पर जम गयीं।

''अल्लाह अद्वितीय, निराकार, सर्वशक्तिमान हैं। उनका न आदि है, न अंत। उनका कोई पिता-माता, पुत्र-कन्या नहीं है। वे सब कुछ देखते हैं, मगर हम इंसानों की तरह आँखें नहीं हैं! वे सब कुछ सुनते हैं, मगर उनके कान नहीं हैं। वे सब कुछ कर सकते हैं, फिर हमारे जैसे हाथ, उनके पास नहीं हैं। वे सर्वत्र, सर्वदा विराजमान हैं। वे न तो आहार करते हैं, न निद्रा-शयन करते हैं। उनका कोई आकार नहीं है।

ऐसी कोई वस्तु नहीं है, जिससे उनकी तुलना की जा सके। वे सदा विद्यमान थे; सदा विद्यमान रहेंगे। वे लोगों की मोहताजी मिटा देते हैं। उन्हें कहीं, कोई अभाव नहीं है। वे अजर-अमर हैं। उनकी न मृत्यु है, न ध्वंस! वे परम दाता, असीम दयालु हैं। वे सर्वश्रेष्ठ सम्मान के मालिक हैं, अपने बंदे को वे प्रतिष्ठा प्रदान करते हैं। तुम उनके दरबार में हाथ उठाकर दुआ करो। तुम्हें बेटा ज़रूर होगा। दुनिया-जहान में तुम्हारी इज़्ज़त की हिफ़ाज़त होगी।''

मेरी माँ पूरे नौ महीने जाए-नमाज़ पढ़ती रहीं। अल्लाह के हुज़ूर में रोती रहीं। रोते-रोते उनकी आँखें फूल गयीं। आँखों के नीचे सियाही उभर आयी। रात भर रोने-धोने के बाद, सुबह-सादिक की भोर के वक्त, वे नल के नीचे वजू करती थीं। उसके बाद, फज्र का नमाज़ अदा करने के बाद, वे बदने में पानी भरकर, तीनों घरों के तीनों बरामदे में रख आती थीं, ताकि सास-ससुर, पति-जेठ वगैरह जब नींद से जगें, तो वजू के लिए पानी, उन लोगों को हाथ के करीब ही मिल जाए। उसके बाद, बावर्चीखाने में जाकर रोटियाँ बेलना, चूल्हे पर तवा बिठाकर रोटियाँ सेंकना। सबको खिला-पिलाकर, थाली में जो जूठा-कूठा बच रहा हो, वही मुँह में डालकर, वे फिर जाए-नमाज़ की मुद्रा में, अल्लाह के ज़िक्र में जुट जाती थीं, ताकि उन्हें बेटा ही हो। सूरत-शक्ल से चाहे जैसा भी हो, मगर वह बेटा ही हो। ना, चाँद जैसा रूप नहीं चाहिए, हँसते हुए मोती झरें, ऐसे दाँत नहीं चाहिए। भले घने-काले बाल न हों, भले बड़ी-बड़ी आँखें न हों, चाहे काला-कलूटा, बदसूरत ही हो, मगर बेटा ही हो। बेटे के लिए क्या रूप की जरूरत होती है? बेटा तो खुद ही रोशन चिराग़ होता है।

मेरे जन्म से पहले, माँ और भी दो बेटियों को जन्म दे चुकी थीं। दो-दो बेटियों की माँ होने की वजह से, उन्हें दुनिया-समाज, गृहस्थी में ढेरों लानत-मलामत झेलना पड़ती थी।

सास अफसोस की लंबी उसाँस छोड़ते हुए कहती थीं, ''ख़ानदान में दीया जलाने वाला कोऊ नाहीं है।''

ससुर हाथ में हुक्का थामे हुए, दरवाज़े पर ही बैठे-बैठे फुसफुसा उठते थे, ''ना नहीं चलेगा! काम बिल्कुल नहीं चलेगा। यह बहुरिया हरगिज काम की नहीं है। लल्ला की दूसरी शादी करना पड़ेगी।''

ससुर भी मुँह बिचकाकर कहते थे, ''दूसरी शादी के अलावा अतहर की और कोई गति नहीं है। बेटियों को पार करने में ख़ामख़ाह ढेरों खर्च हो जाएगा।''

पड़ोसी कहते थे, ''लड़की की जात पराये घर चली जाएँगी। दामाद मर जाए, तो आखिर बेटा ही तो खिलाएगा। बेटा छाती का धन-रतन होता है; अपना सगा होता है।''

माँ के पास, एक आँख की कानी, गेदू की माँ आती-जाती थी। वह गंडा-ताबीज़, कवच, जंतर-मंतर की काफी खोज-ख़बर रखती थी। वह माँ को इकन्नी-दुअन्नी में

ताबीज़ बेच जाती थी।

माँ उसे लिए-लिए घर के बेड़े की आड़ में चली जाती थी। "ए हो, गेदू की मइया, अल्लाह की कसम खाकर कहो तो, इस बार लड़का ही होगा न?"

गेदू की माँ की आँखें चमक उठती थीं, "होगा, मतलब? खानाबदोश बेदिनी अउरतें भूल-भाल बूटी नाहीं देतीं। तुम बूटी पीसकर, भर गिलास पानी में घोलकर, पी गयी थीं न?"

पिछले दिनों, बबूल के पत्तों जैसे चंद मुड़े-तुड़े हरे पत्ते, कागज में लपेटकर, गेदू की माँ ने माँ को थमाते हुए कहा, "बेदिनी अउरत ने दिया है। सोने जाने से पहले, इसको पानी में घोलकर पीना पड़ेगा। जब सब लोग सो जाएँ, तो सुनसान रात में, एक ही घूँट में पी जाना।"

पत्तियों का रस माँ के पेट में जाकर, गुड़-गुड़ शोर मचाता रहता था। जुबान की नोक पर कुछ खट्टा-खट्टा-सा लगता था।

एक दिन माँ को बेड़े की आड़ में ले जाकर, गेदू की माँ ने कमर में खोंसी हुई शीशी निकाली। नीले रंग की शीशी! उसे हाथ में लेकर माँ की आँखों की पुतलियों में झुंड-झुंड बेटे नाच उठे। माथे पर नज़रबट्टू लगाने लायक। उजली-धुली चाँदनी जैसा शुभ्र-सौम्य बेटा!

गेदू की माँ ने माँ का गाल मसलते हुए क़हा, "अबकी बार बेटा बियाए बिना कहाँ जाओगी बन्नो? शर्षीना के पीर ने पानी फूँककर दिया है। मियाँ जी के साथ सोने से पहले, इसे पी लेना।"

माँ फ़िक्र में पड़ गयी। आजकल मियाँ साहब उसे अपने क़रीब ज़्यादा नहीं बुलाते। अपना बेढब-बेडौल पेट लिए, माँ फर्श पर बिछी चटाई पर लेटी-लेटी हाँफती रहती थीं। पति, ईशा का नमाज़ पढ़ने के बाद, आँगन में टहलते रहते थे। उसके बाद, कमरे में आकर दाहिनी करवट लेटकर, गहरी नींद सो जाते थे। वे बहुत कम बोलते थे। अब पति ही उन्हें करीब न बुलाएँ, तो वे अपनी इच्छा से तो उनके बिस्तर पर जाकर, उनकी अंकशायिनी नहीं बन सकती थीं न!

उस दिन जब वे कमरे में लौटकर आए, तो माँ ने उनसे बात करने की कोशिश की, "गेदू की माँ, शर्षीना के पीर का पढ़ा हुआ पानी दे गयी है। वह पानी पीकर बहुतों को बेटा भया है। उसने कहा है कि रात को सोने से पहिले, यह पानी ज़रूर पी लूँ।"

उस वक्त, पति के हाथ में, उस वक्त भी मोती के सौ दानों वाली तस्वीह फिर रही थी।

मछली का काँटा चुनने की तरह, मियाँ की दो उँगलियाँ, एक के बाद एक, मोतियों के दानों पर फिसलती रहीं।

"सोने से पहले पीने को कहा है, तो पी लो–"

माँ इस 'सोने' का अर्थ साफ़-साफ़ समझा नहीं पायीं। वे बेचैन हो उठीं।

पति दाहिनी करवट सो गए। सोने के बाद वे दीन-दुनिया भूल जाते थे। उनके हाथ की तस्वीह फर्श पर गिरकर लोटती रहती थी, उन्हें ख़बर भी नहीं होती थी।

दो-दो बेटियाँ पैदा करने के बाद, घर में बीवी को तलाक देने की बात उठने लगी। नौबत यहाँ तक आ पहुँची कि आज तलाक हो जाए या कल! हर सुबह नींद से जागते ही माँ की छाती धक्-धक् करती रहती कि पति के घर में आहार पाने का आज ही शायद आखिरी दिन है। शायद आज ही फूलदार ट्रंक हाथ में झुलाए, उन्हें असहाय-निरुपाय मुद्रा में पीहर के दरवाज़े जाकर खड़ी होना होगा। इसी दौरान माँ फिर गर्भवती हो गयीं। गर्भावस्था में तलाक नहीं होता, इसलिए उस बार वे बच गयीं। उसके बाद उन्होंने पीहर में गेदू की माँ को बुलाया और टोना-टोटका करनेवाली, किसी टोनहिन की दवा ली; शर्षीना के पीर का फूँका हुआ पानी मँगाकर पीया; गले में बेशरतुल्लाह का दिया हुआ ताबीज़ पहना। माँ को पक्का विश्वास था कि इस बार उन्हें बेटा ही होगा।

रसूनी रिश्ते में उनकी देवरानी लगती थी।

उसने कहा, "तुम्हारी गर्दन, पीठ पर काले-काले चकत्ते पड़ गए हैं। कोख में बेटा हो, तो इसी तरह के काले-काले दाग उभर आते हैं। तुम्हारी नाभि भी ज़रा उचक आयी है। पेट में लड़का हो, तो नाभि इसी तरह बाहर निकल आती है।"

उसकी राय सुनकर माँ खुश हो गयीं। उन्होंने अपनी देवरानी को फटाफट पान लगाकर खिलाया।

"धल्ला टोनहिन ने दवा दी है। उस दवा का स्वाद, चिरैता से भी ज़्यादा तीता है।"

माँ के सजाए हुए पान का बीड़ा गाल के अंदर दबाकर, देवरानी हँस-हँसकर लोटपोट हो गयी, "इस बार छोटे मियाँ कहाँ जाएँगे? अगर बेटा हुआ, तो लल्ला और किसे ब्याहकर ले आएँगे, मैं भी देखूँगी। वह बाजीपुर गाँव की बिटिया है न, उसे तो आज लाकर बिठाने की तैयारी है या कल!"

माँ ने राहत की साँस ली। उन्होंने अगर बेटा जना, तभी इस गृहस्थी में टिक पाएँगी। घर की गइया अगर बछेड़ी बियाती थी, तो सास के चेहरे पर खिलखिल हँसी फूटने लगती थी! लेकिन माँ की कोख से जिस दिन पहली बेटी पैदा हुई, सास फनफनाती हुई आँगन में चहलक़दमी करती रही और गुस्से से फुँफकारते हुए बड़बड़ा उठी, "हमरे घर पर शनि सवार हो गया है।"

चौधरी बहू ने कहा, "आपकी पोती जैसी सेहतमंद...गोल-मटोल है...वैसा ही सलोना, उसका रंग! पोती काफी मोहक और फूल जैसी खिली-खिली है। पहलौंठी की संतान है, कबूल कर लें दीदी!"

लेकिन सास जी भला यह कैसे कबूल करतीं? ख़ानदान में अगर कोई चिराग जलाने वाला ही नहीं हुआ, तो सलोनी और खिली-खिली लड़की लेकर, वे क्या करेंगी?

रंग धो-धोकर क्या कोई पानी पीएगा? आखिर तो लड़की है, पराए घर विदा हो जाएगी। माँ सपना देखती रहीं, इस बार उन्हें बेटा ही होगा। प्रसूति घर में जिस बच्चे की रुलाई सुनायी देगी, अल्लाह करें वह बेटा ही हो। बेटे की चाह में माँ आकुल-व्याकुल हो उठीं।

जिस दिन वे प्रसूतिघर में गयीं, दर्द से छटपटा रही थीं। पुत्र-पिपासा के दर्द से या प्रसव के दर्द से वे छटपटा रही थीं, यह दाई की समझ में नहीं आया। दाई तो ऊँघते-ऊँघते माँ के पेट पर ही ढलक पड़ी। माँ दर्द से चीख उठी।

दाई ने डपट दिया, "यह कइसी मउगी है? कउन ढंग की? दो-दो बार बियाकर ही छुट्टी पा ली। अब काहे चिंचिया रही हो? चुपाय मारो, दुलहिन! उस टोनहिन मुँहझौंसी को का कहें? तनिको लाज-सरम नाहीं है।"

बोरसी की आँच मेरी माँ को झुलसती रही।

दर्द और प्यास से तड़पती हुई मेरी माँ ने अपनी दोनों बाँहों से दाई का कंधा झकझोरते हुए पूछा, "बेटा ही होगा न, सरोजिनी दीदी? कहो न, एक बार कहो, दीदी, बेटा ही होगा। इस बार अल्लाह बेटा ही दें । तुम भी, बस, एक बार मुझे बेटे का मुखड़ा दिखा दो। तुम जो माँगोगी, हम तुमका दूँगी। बूढ़े पीर की मजार पर। हम खस्सी बलि दूँगी। हम मनौती मानी हैं।"

सरोजिनी दाई ने माँ के बालों में उँगलियाँ फिराते हुए तसल्ली दी, "शांत हो! शांत हो जाओ। धीरज धर री, अभागी, धीरज धर। तुझे बेटा ही होगा। हम तो पेट की साइज बूझती हैं न। हम तोरा दरद देखकर ही पहचान गयी हैं....."

मुझे यह तो ख़बर नहीं कि धाय की तसल्ली सुनकर माँ शांत हुई भी या नहीं हाँ, यह ज़रूर सुना है कि जब भोर के उजाले ने आकर, प्रसूतिघर के बेड़े की दरारों को चूम लिया, उस वक्त रात भर की जागी, जट पड़े बालों वाली मेरी माँ ने समूची रात की यंत्रणा और क्लांति के बाद, जिस शिशु को जन्म दिया, वह मैं थी। मेरे जन्म पर, प्रसूतिघर में दो प्राणी बेभाव रो पड़े थे—एक मैं और दूसरी मेरी माँ। आँगन में मेरे अब्बू खड़े थे। बावर्चीखाने से पहसुल उठाकर, वे प्रसूतिघर की तरफ दौड़ आए। वे किसे मारना चाहते थे, मैं नहीं जानती। माँ कहती थीं, वे उन्हें ही मारने आए थे। मैं कहती हूँ, शायद मुझे! उस सुबह मेरे बड़े चाचा और दद्दा, अपने बदन की समूची ताकत लगाकर, मेरे अब्बू को लौटा नहीं ले जाते, तो चाहे कितनी भी तुच्छ सही, एक न एक मौत ज़रूर होती। या तो मेरी मौत होती या मेरी माँ की मौत!

तलाक! तलाक!! तलाक!!!

मेरी माँ की आर्त-चीत्कार तब भी नहीं थमी थी। उस वक्त भी अब्बू, हाथ

में पहसुल उठाए, पैर पटक-पटककर, समूचे आँगन में चक्कर लगाते फिरे। बड़े चाचा, अब्बू के हाथ में तने हुए पहसुल का सिरा पकड़कर खींचने लगे।

ऐन उसी वक्त अब्बू की दहाड़ गूँज उठी, ''सुन, छिनाल, मैंने तुझे तलाक दिया! एक तलाक! दो तलाक!! तीन तलाक!!!''

उस वक्त भी मैं रोए जा रही थी। उस वक्त तक सरोजिनी दाई ने मुझे गुनगुने पानी में धोकर, कथरी में नहीं लपेटा था। उस वक्त उसने घोंघे की खोल से मेरी नाभि भर काटकर अलग की थी। उस वक्त भी मेरी माँ की कोख से फूल नहीं झरा था और मेरी माँ उस प्रसूतिघर में लेटे-लेटे ही सुनती रही कि उनके शौहर, उन्हें तलाक दे रहे हैं। अंगारे जैसा शब्द 'तलाक' की गूँज के बाद ही, माँ की रुलाई अचानक थम गयी। सरोजिनी दाई मुझे बोरसी की हांडी के करीब रखकर, माँ के चेहरे पर पानी का छींटा मारने लगी। उनके माथे पर हाथ-पंखे से हवा करने लगी। माँ को होश आते-आते, सूरज, दुकानदारों की चाँद पर उतर आया! उस दिन सुबह-सुबह जो लोग मुझे देखने आए, उन लोगों में से किसी ने भी मेरा हाथ-पाँव-चेहरा-माथा नहीं देखा! सबने सिर्फ मेरा यौनांग ही देखा और बेहद अफसोस जाहिर किया।

अब्बू गुमसुम-से आँगन में बैठे रहे। बड़े चाचा ने उनके हाथ से पहसुल लेकर, बावर्चीखाने के बेड़े में खोंस दिया।

अब्बू को समझाया गया, ''तलाक दे रहे हो, दे दो, इसमें किसी को, कोई एतराज नहीं है। लेकिन उसकी जान क्यों लेना चाहते हो? जान से मार दोगे, तो फिजूल ही थाना-पुलिस का झमेला होगा। जेल-जुलुम झेलना पड़ेगा। अरे, भई, छंउड़ी बियानेवाली छिनाल को तलाक दोगे, दे दो! हम कुछ नहीं कहेंगे। क्यों कहेंगे। भई?''

अब्बू ने हाथ का पहसुल फेंक ज़रूर दिया, लेकिन उनके मन में आग धधकती रही। किसी भी वक्त, माँ के सिर पर कोप बिठाने की चाह, उनके मन से मिटी नहीं थी। माँ के नसीब में तलाक आ जुटा, लेकिन उनके तन-बदन में उठकर खड़े होने की ताकत नहीं आयी थी।

सरोजिनी दाई मुझे कथरी में लपेटते हुए बुदबुदा उठी, ''कइस पत्थर मरद है! बेटी अभी जच्चा खाने से बाहर भी नहीं निकली, मेहरिया का अभी फूल भी नहीं झरा और ई मरद ओका तलाक दे रहा है; पैंतरा भाँज रहा है; खून करने पर उतारू है। बिचारी मेहरिया, अइसन देही लेकर, कहाँ जाए?''

जट-पड़े माँ के बालों में कहाँ तेल चुपड़ना चाहिए था; उनके बालों में कंघी फेरना चाहिए था; मेरे समूचे बदन में सरसों के तेल की मालिश होनी चाहिए थी। यह सब कुछ भी न करके, सरोजिनी दाई विदा हो गयी। उन्हें विदा कर दिया गया। अब उन्हें मेहनत करने की ज़रूरत नहीं थी। उस दोपहर, जच्चाखाने में माँ! उनकी बगल में बोरसी और मैं। वहाँ और कोई नहीं था। माँ का मन हुआ, वे मुझे बोरसी में झोंक दें, ताकि मैं जलकर खाक़ हो जाऊँ। बोरसी माँ के पैताने ही पड़ी थी।

उन्होंने मुझे उसी तरफ धकेल दिया। मैं चिंचिया उठी, जब बोरसी की आँच मुझे झुलसाने लगी। माँ की निगाहें साफ़-साफ़ मुझे जलते-झुलसते देखती रहीं, लेकिन मेरे प्रति उन्हें बूँद भर भी ममता नहीं उमड़ी। उन्होंने मुझे आग से परे नहीं खींचा। मैं तो शायद जलकर खाक़ ही हो ज़ाती। अचानक नज़रुल की माँ कमरे में हाज़िर हुई। नज़रुल की माँ घरेलू काम करनेवाली महरी थी, बोरसी उठाने आयी थी। कमरे में दाख़िल होते ही उसकी मुझ पर नज़र पड़ी। मैं जल रही थी। इस घर की सद्यः जन्मी शिशु जल रही है, यह देखकर वह चीख उठी। उसकी चीख सबने सुनी, लेकिन किसी को ख़ास विस्मय नहीं हुआ।

सबने यही कहा, ''सामने कोई था क्यों नहीं? और कोई न सही, उसकी माँ तो मौजूद थी, उसने क्यों नहीं ख़्याल किया?''

बड़ी चाची ने कच्चा अंडा फोड़कर, मेरे पाँवों के फफोलों पर लगा दिया। अब्बू ने चोर-निगाहों से मेरी तरफ देखा, गला फाड़-फाड़कर मुझे चीत्कार करते हुए सुना, लेकिन जुबान से उन्होंने कुछ नहीं कहा। अगर मैं जलकर खाक़ हो ज़ाती, तो वे शायद एक क़िस्म की राहत महसूस करते। मैं मर जाती, तो वे बच जाते। वाकई उनकी जान बच जाती। तलाकयाफ़्ता औरत उस वक्त भी फफक-फफककर रो रही थी। उन्होंने मुझे जच्चाखाने में ही आग में झोंक दिया था, ताकि मैं ख़त्म हो जाऊँ। जिसके जन्म की वजह से उनका तलाक हो जाए, उसे अगर आग की तरफ धकेल दिया; अगर वे उस नवजात को उछालकर कूड़े के ढेर में फेंक दे, तो इसमें उनका कोई दोष नहीं था। उन्हें क्यों दोष लगता? अपनी कोख पर उनका तो कोई वश नहीं था। अगर वश होता, वे किसी लड़की जात को जन्म देतीं? अब अगर लड़की पैदा हो ही गयी, तो उसे नमक चटाकर मार डालतीं!

शाम को तलाकशुदा माँ ने नज़रुल की माँ को बुलाकर, उसके कान में फुसफुसाकर कहा, ''बावर्चीखाने से तुम मुट्ठी भर नमक ला दोगी?''

''क्यों नमक क्यों?''

''जापाघर में निमक का करोगी, भउजी?''

''ओ नज़रुल की मइयो, तुमने मुझे भउजी कहा? हमका भउजी बुलाया? अब क्या हमको कोई भउजी पुकारेगा, जी...'' माँ फफक-फफककर रो पड़ीं।

माँ अभी भी जापेखाने में थी। उसमें चलने-फिरने की ताकत नहीं थी, शायद इसीलिए उन्हें, उसी दिन गर्दनिया देकर निकाल बाहर नहीं किया गया।

''किसी आदमी को अकुआ भेज दो। खालिदा के मामा लोग आएँ और अपनी बहन को लिवा ले जाएँ—'' यह हुक्म सुनाया गया।

माँ जान गयीं कि उन्हें लिवा ले जानेवाला आदमी, कल सुबह आएगा। कल वे इस घर से चली जाएँगी, बिल्कुल वैसे ही, जैसे फातिमा आपा गयी थीं। जाते-जाते, वे मुड़-मुड़कर देखती रहीं। पीछे हतवाक्-सी माँ खड़ी थीं। वे इस घर में नयी-नयी

आयी थीं। उनकी आँखों में भरपूर बेभाव विस्मय! अभी पिछली ही रात सामने पनडब्बा रखकर, फातिमा बूबू ने कितनी गपशप की थी! अपनी ससुराल के किस्से सुनाए थे।

...जिस दिन उसके शौहर, उससे शादी करके, उसे दुलहन बनाकर उस घर में लाए थे, चारों तरफ सुनसान रात उतर आयी थी! गहरी रात! चारों तरफ झींगुर की झिनझिनाहट!

अतहर ने कहा, "ओ दुलहनिया, रात हो गयी, सोना नहीं है? समूचा घर गहरी नींद में बेसुध हो गया, तुम नहीं सोओगी?"

अतहर ने उस वक्त भी, अपनी शेरवानी नहीं उतारी थी; हाथ में थामी हुई रूमाल हाथ में ही थी; उँगलियों में मेहँदी का लाल निशान!

फातिमा बेगम ने कहा, "चलें, आज की रात बिना सोएं, रतजगा में ही गुज़ार दें।"

"रतजगा में? बिना सोए?"

"ऐसी चाँदनी रात में भला नींद आती है।"

"तो, चलो, आँगन में बैठते हैं।"

दोनों प्राणी काफी रात तक आँगन में बैठे-बैठे, गपशप में डूबे रहे।

माँ जब इस घर में दुहलन बनकर दाखिल हुईं, इसी फातिमा बेगम ने ही उनका परछन-द्वारचार किया। खुद अपने ही हाथों, पति के विवाह के उपलक्ष्य में पकवान बनाया।

माँ उनकी ज़ुबानी कहानी-किस्से सुना करती थीं।

उन्होंने फातिमा बेगम से पूछा, "अच्छा, बूबू, उस दिन...चाँदनी रात में, आप लोग क्या बातें करते रहे, हमें बताइए न हम भी सुनें।"

फातिमा बेगम वे बातें टाल गयीं, सिर्फ मंद-मंद मुस्कराती रहीं।

उनका लजाया-शर्माया चेहरा देखकर, मेरी माँ के मन में कहीं ईर्ष्या भी हुई थी। उनका भी मन होता था कि किसी दूधिया चाँदनी रात के वक्त पति के साथ आँगन में बैठें, दोनों प्राणी आपस में बोलें-बतियाएँ। उनका भी दिल चाहता था कि वे भर-भर कलाई रेशमी चूड़ियाँ पहनें।

वही फातिमा बेगम ने एक सुबह नींद से जागने के बाद, वजू के लिए बदना में पानी भरकर रख दिया और नाश्ता बनाने चली गयीं। रोटियाँ बेलते हुए, वे पाटे पर ही सो गयीं। रोटी तवे पर ही पड़ी रही। सूप में पड़ा आटा उड़-उड़कर, उनके काले बालों को बुर्राक सफ़ेद बनाता रहा।

सुबह के नौ बज गए। नाश्ता अभी तक तैयार नहीं हुआ।

नाश्ता करने के लिए अतहर जब बावर्चीखाने में दाखिल हुआ, उसने देखा बड़ी बहू पड़ी-पड़ी सो रही है। सिर से आँचल खिसका हुआ! नवाबज़ादी हाथ-पाँव

पसारे, आराम से सो रही थीं।

अतहर गुसल करके, नाश्ता करने आया था। नाश्ता करके, उसे दुकान जाना था। बावर्चीखाने में आकर उसे यह देखना पड़ा कि उसकी बीवी पड़ी-पड़ी सो रही है।

बस अगले ही पल उसके सिर पर खून सवार हो गया।

आँगन में खड़ होकर, उसने घरवालों को सुना-सुनाकर ऐलान किया, "बड़ी बहू! तुझे एक तलाक! दो तलाक!! तीन तलाक!"

फातिमा यह कैसे सुन पातीं? वे तो नींद में बेसुध थीं। नींद टूटने पर उन्हें पता चला, उनका तलाक हो गया है। रोटी बेलते हुए, वह सो गयी, इसलिए उनके ख़ाविन्द ने उन्हें तलाक दे दिया।

आँगन में शोरगुल सुनकर, उनकी नींद टूट गयी और उन्होंने पूछा, "क्या हुआ? इतनी चीख-चिल्लाहट क्यों? क्या बात है?"

बावर्चीखाने से निकलकर फातिमा बेगम ने देखा, सबकी निगाहें उन्हीं पर गड़ी हैं। विवाह के इतने सालों बाद, सभी लोग उसे ऐसी अवाक् निगाहों से देखें, ऐसी क्या बात हो गयी? वे इधर-उधर निगाहें दौड़ाती रहीं, घरवालों को हो क्या गया है?

उन्हें यह ख़बर उनकी सास ने दी, "अतहर ने तो तुम्हें तलाक दे दिया, बहू!"

"तलाक क्यों दिया? मुझे तो कुछ भी नहीं मालूम! उन्होंने मुझे तलाक क्यों दिया? मैंने क्या गुनाह किया?"

उन्होंने यह सवाल किससे किया था, समझ में नहीं आया। वे आँगन में चली आयीं। उस वक्त भी उनके बाल आटे में सने हुए थे।

वे पूरे आँगन का चक्कर लगाते हुए पूछती फिरीं, "कोई मुझे बताता क्यों नहीं कि मोरे पति ने मुझे तलाक क्यों दिया?"

उनकी जेठानी उन्हें अपने कमरे में बुला ले गयी।

"तो रोटी बनाते हुए, पाटे पर ही सो क्यों गयीं, ज़रा बताओ?"

यह पूछते हुए, रसूनी खुद ही ज़ोर-ज़ोर से रो पड़ी। यूँ उनके रोने की कोई वजह नहीं थी, क्योंकि यह मुसीबत उन पर नहीं टूटी थी। फिर भी उन्हें लगा कि किसी दिन वह भी इसी तरह रोटी बेलते-बेलते सो जाएगी और उसका पति उसके मुँह पर यही जुमला दे मारेगा—तलाक! तलाक!! तीन तलाक!!! और बस, उसे भी इसी तरह अपना बोरिया-बिस्तर समेटकर, इस घर से निकल जाना होगा। उसे चले जाना होगा, जैसे फातिमा बेगम को जाना पड़ रहा है। रसूनी को अपने और फातिमा के बीच कोई फर्क़ नजर नहीं आया।

मेरी माँ भी उस घर में नयी-नयी थीं। उनकी भौचक्की निगाहें, फातिमा बेगम के आँसुओं पर अटकी रहीं।

फातिमा बेगम जब सच ही चली गयीं; रसूनी ने मेरी माँ से कहा, "चलो,

सौतन दूर चली गयी। तुम्हें तो राज-पाट मिल गया न?"

उन्हें यह कभी समझ में नहीं आया कि सौत का तलाक हो जाने के बाद, माँ के लिए कोई अतिरिक्त सुविधा हुई या नहीं, क्योंकि उन्होंने दरवाज़े पर खड़े-खड़े देखा था, फातिमा बेगम जब रुख़्सत हो रही थीं, मेरी माँ ज़ार-ज़ार रो रही थी!

ठीक उसी तरह, मेरी माँ भी सोच रही थीं कि उन्हें चले जाना होगा! जच्चाखाने से निकलकर, न तो वे हाल-कमरे में जाएँगी, न बावर्चीख़ाने में। उन्हें सीधे पीहर की तरफ रुख करना होगा। पीहर में उन्हें कौन रखेगा? वहाँ वे कितने दिन रह सकेंगी?

मेरी माँ असहनीय तकलीफ में थी। मैं वह तकलीफ समझते हुए या न समझते हुए, फर्श पर पड़ी-पड़ी रोए जा रही थी। फर्श से उठाकर, मुझे गोद में उठाने वाला, वहाँ कोई नहीं था। वहाँ ऐसा कोई नहीं था, जो नवागत शिशु को उठाकर, उसके मुँह में दो बूँद पानी या थोड़ा-सा दूध टपका देता। माँ मेरी गर्दन दबोच देना चाहती थीं, मगर वे मुझे नहीं मार पायीं। पता नहीं, उनके हाथों में जोर नहीं था या वे मेरे मोह में पड़ गयी थीं। अचानक-अचानक मुझे पक्का विश्वास होगे लगता है कि उस दिन अगर हाथों में ताकत होती, तो मेरी माँ, मुझे तभी मार डालती।

शाम होते ही, मेरे ननिहाल से लोग मेरी माँ को लिवा ले जाने के लिए आ पहुँचे क्योंकि उनका तलाक हो चुका था, अब उनका इस घर में रहना, हराम था। तलाक होने का मतलब था, अतहर अब उनके पति नहीं रहे। जब वे पति नहीं रहे, तो वे पराये मर्द थे और पराये मर्द के यहाँ रहना, व्यभिचार के बराबर था। तलाकशुदा मेरी माँ ने मुझे गोद में लेकर दूध भी नहीं पिलाया, वे ननिहाल के लोगों के साथ, इस घर से रुख़्सत हो गयीं।

रसूनी बावर्चीखाने की खिड़की से उन्हें जाते हुए देखती रही । सास ने भी देखा, मगर ज़ुबान से कुछ नहीं कहा। कौन, क्या कहता? माँ के साथ खालिदा और अस्माँ भी चल पड़ीं। माँ जब जा रही थी, अब्बू आँगन में ही खड़े थे।

अपनी तीनों बेटियों के साथ माँ चल पड़ी। अब्बू के सामने से गुज़रते हुए, उनका चेहरा घूँघट से ढँका हुआ था, जैसे पराये मर्द के सामने से औरतें गुज़रती हैं। माँ बेहद धीमी चाल में आगे बढ़ीं। उस वक्त भी उनके तन-बदन में दौड़ते हुए खून की रफ़्तार धीरे-धीरे मंद पड़ती जा रही थी।

पीहर पहुँचकर, माँ घर के एक-एक फर्द के गले लगकर खूब-खूब रोयीं।

खालाओं ने उन्हें तसल्ली दी, "अब क्या उपाय? किस्मत में जो बदा था, वही हुआ। तुम्हारे नसीब में पति की गृहस्थी का दाना-पानी नहीं था।"

माँ की बदकिस्मती का ज़िक्र छेड़कर, लोग-बाग उन्हें दिलासा देते थे। माँ को भी यही लगने लगा कि उनके फूटे नसीब की वजह से ही उनका घर नहीं बसा। वे बदनसीब थीं, इसलिए उन्हें जच्चाखाने से सीधे चले आना पड़ा। अगर किस्मत

में न लिखा हो, तो औरत कभी सुखी नहीं हो सकती। चूँकि उनका तलाक हुआ था, इसलिए मायके में अड़ोस-पड़ोस के लोग उन्हें देखने आने लगे। पड़ोसियों के सामने आने में माँ को शर्म आती थी। पड़ोसी उन्हें ऐसी फटी-फटी निगाहों से घूरते रहते थे कि उन्हें समझ में नहीं आता था कि वे क्या करें। मेरी माँ यह बिल्कुल तय नहीं कर पाती थीं कि वे किस ढंग से क्या बातें करें कि लोग उन्हें कोई दोष न दें। लेकिन सारा का सारा दोष उन्हें ही दिया जाता था। उनसे यह कहा जाता था कि पति होकर भी उस मर्द ने काफी बर्दाश्त किया, अब और कितना करता? सभी ने मेरी माँ को ही छिः-छिः किया! अल्लाह ने उनकी तरफ सिर उठाकर भी नहीं देखा; यह सब मेरी माँ के ही पापों का फल है—सबने कुछ इसी क़िस्म का फैसला लिया।

अब्बू का विवाह

अब्बू ने ही एक दिन ननिहाल में संदेशा भेजा कि वे आलेया को फिर क़बूल करेंगे। उनकी मर्जी हुई है कि वे आलेया को दुबारा बुला लें।

यह ख़बर सुनकर आलेया बेगम की आँखों से आँसू झरने लगे।

उन्होंने कहा, "खालिदा के अब्बू जैसा इनसान दुर्लभ है।"

वे पति से मिलने को बेचैन हो उठीं। लेकिन पति के यहाँ जाना, अब भला कैसे संभव था?

नाना ने आँगन में बैठे-बैठे, बदन खुजलाते हुए कहा, "दामाद जी आलेया को दुबारा क़बूल करना चाहते हैं? लेकिन क़बूल करेंगे कैसे? तलाकशुदा बीवी को घर में दुबारा तो नहीं बैठा सकता।"

आलेया आड़ से अपने बापजान की बातें सुनती रही।

"विवाह करने के लिए आलेया का दुबारा विवाह करना होगा, किसी और मरद के साथ।"

आलेया की माँ ने भी एक लंबी उसाँस भरी।

मुँह में पान का बीड़ा दबाकर, वे बुदबुदा उठीं, "हमरी बेटी तो जवांई के जिक्र से ही पगला जाती है। वह क्या कहीं और बियाह करने को राजी होवेगी?"

"राजी नहीं होगी तो और क्या? अतहर से तो ब्याह नहीं होने वाला है न।"

"ई कायदा तो, भई हमको नापसंद है। दामाद जी ने गुस्से में आकर कह दिया—तलाक! तलाक!! और तलाक हो गया। अब तौबा करके, वापस ले जाए, बस, मुश्किल आसान!"

"हूँ ऽ ऽ तौबा कर तो सकता है। मगर अल्लाहताला तो राजी नहीं हैं न!

अल्लाहताला का हुकुम न मानने से चलेगा भला? अल्लाहताला ने कुरान शरीफ में फ़रमाया है कि इद्दत का वक्त गुज़र जाए, तो किसी और के साथ विवाह होगा। वह दूसरा दामाद जब तलाक दे दे, उसके बाद ही पहले दामाद के पास जा सकती है। इसके अलावा और उपाय भी क्या है?''

''जरा देखिए न! पंचायत को धर-पकड़कर, उससे अरज करके, बियाह न करना पड़े। मान लो, दामाद की जुबान से 'तलाक' लफ्ज फिसल ही गया, तो क्या उसे लौटाल लेने का क्या कउनो उपाय नाहीं है?''

''न्ना, नहीं है! और कोई उपाय नहीं है, बड़ी बहू! अतहर अगर शादी करना चाहता है, तो आलेया का कहीं और जगह, दूसरी शादी करना होगी।''

आलेया की माँ महीन सुर में रो उठी, ''ई विधान हमका बिल्कुल भला नहीं लगता, सिराज के बाप! जब मर्जी आयी, तलाक दे दिया, मर्जी हुई तो कहा—बियाह करूँगा। बियाह करना चाहते हो, चलो, अच्छी बात है। लेकिन इसके लिए किसी और से बियाह करना होगा, यह कइसी बात? यह फैसला हमको ज़रा भी भला नहीं लगता।''

''अल्लाह का फैसला तुम्हें नहीं सुहाता, यह तुम कैसी बात करती हो?''

''ई अल्लाह भी न...एक आँख से देखत है, दूसरी बंद...''

आलेया के अब्बा एकदम से झुंझला उठे, ''तुम अल्लाह के फैसले के खिलाफ़ बकवास कर रही हो? अल्लाह ठहरे, सही इंसाफ के मालिक! उनके हुक्म के ऊपर किसी की भी बात नहीं चलती! उनके खिलाफ़ बोलोगी, तो दोज़ख में जाओगी, बड़ी बहू! तौबा करो! तौबा करो!''

एक दोपहर अब्बू मेरे ननिहाल खुद आ पहुँचे। खालिदा और अस्माँ मारे डर के पलंग के नीचे जा छिपीं। माँ दहशत से सिमट गयीं। पता नहीं, क्या होना है! नाना के हाथ में हरदम छड़ी होती थी, सिर पर चाँदी के कसीदे वाली टोपी! नाना छड़ी-टोपी फेंककर, हड़बड़ाते हुए हाल कमरे में आ पहुँचे और बेहद चिकने लहजे में आवाज़ देने लगे—कहाँ हो, आलेया, कहाँ गयीं?

कचहरी कमरे में अब्बू को बिठाकर, नाना ने पुलाव चढ़ाने का हुक्म दिया। कोठी की पालतू मुर्गी जिबह कर डाली। लेकिन माँ सामने नहीं आयीं। वे बावर्चीखाने में बैठी-बैठी खाना पकाती रहीं और आँचल से अपने आँसू पोंछती रहीं। गोद में मैं! हाँ, उनकी गोद में भूखी-प्यासी मैं! उन्होंने अपने पूर्व पति की थाली में बड़े जतन से नमक परोसा; मुर्गी का गोश्त परोसा। पति को दही बेहद प्रिय था। उन्होंने सुधीर घोष की दही लाने के लिए आदमी दौड़ा दिया।

अब्बू ने माँ के हाथ का पकाया हुआ खाना खाया और मुँह में पान का बीड़ा

दबाकर कहा, "आलेया को दुबारा क़बूल करना होगा। आलेया के हाथों पकाया हुआ खाना बड़ा लज़ीज होता था। अब घर का आँगन भी पहले की तरह लिपा-पुता नहीं होता। पेड़-पौधों को भी वक्त से पानी नहीं दिया जाता। साँझ को मुर्गे-मुर्गियों को दरबे में भी नहीं सहेजा जाता। मेरे बापजान-माँजान अब बूढ़े हो चुके हैं। उनका सेवा-जतन, आलेया के अलावा भला और कौन करेगा?"

लेकिन सिर्फ चाहने भर से, वे आलेया को अपने घर में नहीं बिठा सकते थे।

बड़े मामा अपनी दुकान बंद करके, घर चले आए। बैठकघर में, वे अतहर के सामने आ बैठे। सबसे पहले, उन्होंने दरयाफ्त किया कि उनका खाना-पीना, पेट-पूजा हुआ या नहीं।

अतहर ने जवाब दिया, "जी, भाईजान, खूब जमकर खाया। कितने दिनों बाद, आलेया के हाथों पकाया हुआ खाना खाया। बड़े आराम से खाया। ख़ास करके, मसूर की दाल! आलेया ने अगर न पकाया हो, तो मुझे तो खाना ही नहीं रुचता!"

अब्बू ने लंबी डकार ली। नाना अपनी छड़ी के मत्थे पर हाथ फेरते हुए, चोर-निगाहों से अतहर की आँखों में झाँकते रहे। उन आँखों में कातर अनुनय! लेकिन आलेया का विवाह किससे होगा?

बड़े मामा काली बाड़ी के इमाम को बुला लाए।

इमाम साहब के चेहरे पर लंबी दाढ़ी! गोरा रंग! माथे पर फर्श पर मत्था टेकने का निशान!

बैठक कमरे में बैठे-बैठे इमाम साहब ने अपनी दाढ़ी में उँगली फिराते हुए कहा, "किससे शादी करोगे, ज़रा सोच देखो। इद्‌दत का वक्त तो पूरा हो गया। क्वार के महीने में तलाक हुआ था, अब माघ चल रहा है। घर के बड़े बुजुर्ग ज़रा सलाह-मशविरा करें और तय करें। दामाद ने उसे तलाक दे दिया। अगर अल्लाह की मर्जी न होती, तो भला वह तलाक दे सकता था? वह क्या करता?"

इमाम साहब ने समर्थन की उम्मीद़ में नाना और बड़े मामा की तरफ देखा। नाना ने सिर हिलाया। बड़े मामा और अब्बू ने भी अल्लाह के इशारे का समर्थन किया।

बैठकघर की ख़बर सुनने के लिए माँ के कान खड़े थे। कइतरी कोठी में घरेलू काम करती थी।

माँ ने कइतरी से ही कहा, "देख तो, कइतरी, तेरे दूल्हा भाई के चेहरे पर पहले जैसा नूर है या नहीं? ज़रा जाकर, देख न, कइतरी, वे लोग क्या बातें कर रहे हैं! वे मेरे बारे में कोई बात कर भी रहे हैं या नहीं?" यह कहते-कहते माँ की आँखें, पानी से भरा हुआ पोखर हो आयीं!

आलेया का नया दूल्हा कौन होगा? इसी सोच-विचार में, जब बैठकघर में रात ढलती रही, माँ ने ही कइतरी को आवाज़ दी।

"कइतरी! ओ कइतरी!"

कइतरी ने निंदियायी आँखों से माँ की तरफ देखकर जवाब दिया, "ऊ लोगन तो कुछ भी नाहीं कह रहे हैं, बड़ी बू! सिर्फ इमाम साहब ही अल्लाह के कलाम रटे जा रहे हैं।"

"और 'वो' कुछ नहीं बोल रहे हैं?"

"वे सिर्फ हाँ में हाँ मिलाए जा रहे हैं।"

रात काफी गहरा आयी!

पनडब्बे से पान का आखिरी बीड़ा निकालकर, नाना ने मुँह में डाला।

बड़े मामा ने प्रस्ताव दिया, "हुकमत अली से कहा जाए? एक ही दिन के लिए ब्याह होना है न? हुकमत ठहरा पागल-छागल! वह मना नहीं करेगा।"

नाना ने छड़ी के सहारे टिककर अपना मंतव्य दिया, "बाद में हुकमत अगर न छोड़े?"

"क्या मतलब छोड़ेगा नहीं? हुकमत का बाप छोड़ेगा–"

अचानक बड़े मामा की नजर दरवाज़े पर पड़ी। दरवाज़े के पीछे कइतरी की साड़ी के आँचल का छोर!

"कौन है वहाँ? किसकी साड़ी झलक रही है? अभी तक गयी नहीं?" बड़े मामा ने हाँक लगायी।

"या जलील मियाँ से कहूँ?" नाना की आँखों में उम्मीद की किरण जगमगा उठी।

"हुँः छोड़ने का वक्त पता चला जलील मियाँ छोड़ने से मुकर गए–छोड़ें तब, जब उनकी मर्जी हुई!" बड़े मामा ने भौंहें नचाकर जवाब दिया।

इमाम साहब दाढ़ी पर हाथ फेरते हुए, कभी नाना, कभी मामा का चेहरा निहारते रहे।

अचानक उन्होंने नज़रें झुकाकर कहा, "जब इतनी सारी समस्या है, तो, चलो, यह जिम्मेदारी मैं ही लेता हूँ।"

"आप? आप लेंगे यह जिम्मेदारी?" नाना ने पूछा।

"हाँ! एक रात की जिम्मेदारी मैं ले लूँगा! लेकिन, बिरादर, एक रात से ज़्यादा की बात हो, तो मैं हरगिज राजी नहीं हूँ। अब क्या उपाय? तुम सब पर इतनी बड़ी विपदा आन पड़ी है। इस वक्त अगर मैं तुम लोगों की मदद न करूँ, तो और किसकी करूँगा?"

बैठकघर में नाना-मामा ने एक-दूसरे की तरफ सवालिया निगाहों से देखा।

इमाम साहब आवाज़ ऊँची उठाते हुए, दुबारा बोल पड़े, "क्या, जी, कोई है, जो वजू के लिए ज़रा पानी ले आए?"

हालाँकि यह वजू का वक्त भी नहीं था, लेकिन इमाम साहब ने वजू की तैयारी

कर डाली। उन्हें शायद नापाक-नापाक के अहसास ने धर दबोचा था। शादी-ब्याह का जिक्र छिड़ा हो, तो उन्हें बार-बार वजू करना ही पड़ता था।

सिर्फ एक ही रात की तो बात थी। नाना, बड़े मामा, यहाँ तक कि अब्बू भी झटपट राजी हो गए।

दिन, तारीख तय हो गया। इमाम फैजुद्दीन के साथ, मेरी माँ का निकाह तय पाया गया।

इमाम साहब दाढ़ी में मेहँदी लगाकर, पायजामा-शेरवानी में सजे-धजे, शादी करने आ पहुँचे।

नाना उन्हें, बड़े भाईजान, कहकर पुकारते थे। ब्याह के दिन उन्होंने कोई सम्बोधन नहीं दिया।

उन्होंने सिर्फ इतना ही कहा, ''आलेया तो बेभाव रो रही है।''

''अच्छा?'' इमाम साहब ने सर हिलाया। उनके सिर हिलाने की मुद्रा कुछ ऐसी थी, मानों वे आश्वासन दे रहे हों कि वे उस औरत को, एक रात के बाद छोड़ देंगे।

काजी साहब भी आ पहुँचे।

साठसाला इमाम साहब के साथ मेरी माँ की शादी हो गयी।

ब्याह हो जाने के बाद, जब नए वर-वधू, नाना के ही घर के किसी कमरे में सोने गए, माँ बेतरह रो पड़ी।

मेरी माँ ने नानी के हाथ-पाँव जोड़े और रो-रोकर मिन्नतें करती रही, ''ओ मोरी माँ, हम चच्चा के साथ नाहीं सो सकती। हमका उस कमरे में मत पठाओ।''

नानी अपने आँचल से बार-बार आँसू पोंछती रही, लेकिन जुबान से उन्होंने कुछ नहीं कहा। मैं गला फाड़-फाड़कर रो उठी। खालिदा और अस्माँ ने माँ की शादी के जश्न के तौर पर चिराग जलाए। मेरी माँ मुझे छाती से चिपटाकर रोती रही। लेकिन उस वक्त क्या मुझे उनकी रुलाई का मतलब समझ में आ सका था?

नाना सुबह-सवेरे ही जाग गए। उन्होंने बरामदे में जाए-नमाज़ बिछायी और फज्र का नमाज़ अदा किया। नमाज़ की आयतें उन्होंने जोर-जोर से सुना-सुनाकर पढ़ीं ताकि नया दामाद नींद से जागे और वजू करके नमाज पढ़े। लेकिन इमाम साहब का दरवाज़ा नहीं खुला। फज्र के नमाज़ का वक्त भी निकल गया। इमाम साहब का दरवाज़ा जैसे बंद था, उसी तरह बंद रहा। नानाजान आँगन में चहलकदमी करने रहे।

अंत में उन्होंने बड़े मामा को आवाज़ लगायी, ''अरे, रईसुद्दीन, अतहर के तो आने का वक्त हो आया...''

बड़े मामा ने कोई जवाब नहीं दिया।

नाना ने दुबारा आवाज़ दी, ''रईसुद्दीन! ओ रईसुद्दीन! आलेया अभी तक

जागी क्यों नहीं? उसे हो क्या गया? नमाज़ वगैरह का वक्त अभी तक नहीं हुआ? अब तो दिन चढ़ आया–"

बड़े मामा ने उठकर वजू किया। इमाम साहब को तो सबसे पहले जागना चाहिए था। वे क्या मस्जिद नहीं जाएँगे? वैसे माघ की सर्दी है। ऐसी कड़ाके की सर्दी में बदन झटकारकर सिवा कुत्तों के और भला कौन उठता है?

बड़े मामा नमाज़ अदा करके, नानाजान के कमरे में आ बैठे। नानाजान के जबड़े कस गए।

"रईसुद्दीन! ए जनाब क्या जागेंगे नहीं? उन्हें हो क्या गया है?"

इमाम साहब जागे! जागकर उठ बैठे। हालाँकि उनका उठने का बिल्कुल मन नहीं था, लेकिन न चाहते हुए भी उठना ही पड़ा। नींद से जागकर, वे नल तले, वजू करने चले आए। उनका सिर झुका हुआ था।

नानाजान ने कहा, "नमाज़ बरामदे में ही पढ़ लें। मैं तो यहीं पढ़ता हूँ। मरद होकर, भला कोई औरत जात की तरह, बंद कमरे में नमाज़ पढ़ता है? छिः छिः!"

इमाम साहब मंद-मंद मुस्करा उठे।

इमाम साहब के लिए जाए-नमाज़ बिछा हुआ था, लेकिन वे खड़ाऊँ टकटकाते हुए सीधे कमरे के अंदर चले गए और दरवाज़ा अंदर से बंद कर लिया।

नानाजान ताज्जुब में पड़ गए। यह कैसी बेअदबी? ससुर सामने ही बैठा है और दामाद उसके सामने से गुज़रकर, अपनी एक दिन की दुलहन के कमरे में जा घुसा? सुबह ढलकर दोपहर हो आयी! दोपहर भी पार हो गयी। इमाम का फज्र का नमाज़ ख़त्म नहीं हुआ। नानाजान के धीरज का बाँध टूट गया। वे खुद ही कमरे के सामने पहुँचे और दरवाज़े पर जोर-जोर से लातें जमायीं। अंदर से कोई जवाब नहीं आया। न आलेया ने जवाब दिया, न इमाम ने!

इसके बाद नानाजान और मामा ने धमाधम लातें मार-मारकर, दरवाजा तोड़ डाला।

इमाम अपनी बीवी को लिपटाए, लेटे हुए थे।

उन्होंने जम्हाई लेते हुए कहा, "तंग करने का यह क्या तरीका है, अब्बाजान?"

"अपना अब्बाजान, अपने पास रखो! उठो और भागो इस घर से!"

"अगर न भागूँ, तो?" इमाम साहब ने अपनी छाती की रोमावली पर हाथ फेरते हुए ढिठाई से पूछा।

"मतलब?"

"अगर मैं न भागूँ, तो क्या हो जाएगा?"

"तुम भागोगे...सिर पर पाँव रखकर भागोगे।"

नानाजान ने इमाम का हाथ पकड़कर, कसकर झटका दिया।

इमाम क्या आलेया को छोड़ने वाले जीव थे? वे आँगन में अडिग खड़े रहे।

उन्होंने लगभग चीखकर कहा, ''मेरा नाश्ता लगाओ, आलेया! गुसल के लिए पानी रखो! और हाँ, गरम पानी रखना।''

जुबान पर ताला जड़े, आलेया ने उनके नहाने के लिए पानी रखा। उनका नाश्ता लगाया। बरामदे में दरी बिछी हुई थी। उन्होंने दरी पर बैठकर इत्मीनान से नाश्ता किया। पूरा नाश्ता सपोड़ जाने के बाद उन्होंने डकार लेते हुए फरमाया, ''नाश्ता तो तुम्हीं ने बनाया है न? तुम्हारा हाथ बड़ा माहिर है! निरामिष खाना भी ऐसा लज़ीज होता है, मुझे तो पता ही नहीं था।''

आलेया ने बेहद परेशान निगाहों से अपने बापजान की तरफ देखा।

बापजान की जुबान से भी यह नहीं निकल सका कि नहीं, उस शख्स को नाश्ता-पानी देने की कोई जरूरत नहीं है, आलेया!

आखिर कुछ भी हो, था तो उसका शौहर ही! क़बूल करके निकाह हुआ था। फिलहाल, पति जो भी हुक्म दे, कानूनन, उसे तामील करना होगी। पति के कदमों तले ही पत्नी की जन्नत होती है। उस नजरिए से इमाम आखिर पति ही था न! पति है, तो थोड़ा-बहुत रोब तो डालेगा ही।

शाम ढलने के बाद, इमाम साहब बाहर निकले! उनका चेहरा लटका हुआ! नानाजान बिना खाए ही दिन भर बैठे रहे। उन्हें निश्चित करके, आखिरकार इमाम साहब दफ़ा हुए! जाते हुए उन्होंने, बापजान का पैर छूकर सलाम किया।

अपनी आँखों पर रूमाल फेरते हुए उन्होंने कहा, ''अब्बाजान, काफी तकलीफ दी आपको! माफ-वाफ कर दीजिएगा।''

नानाजान ने उनकी तरफ पलटकर भी नहीं देखा। गुस्से के मारे, दाँत पीसते रहे। इमाम साहब रवाना हो गए। उनके कंधे पर चार खानेवाली रूमाल झूलती हुई! इमाम ने उस रूमाल से अपनी आँखें पोंछीं।

पीछे से नानाजान की गहरी आवाज़ गूँज उठी, ''क्या हुआ? 'तलाक' कहकर नहीं गए?''

इमाम साहब ठिठक गए, ''अरे हाँऽ, 'तलाक' भी तो कहना होगा। असल में मुझे कसकर फिर भूख लगी है।''

''भूख लगी है, तो अपने घर जाकर खाइए। फिलहाल, 'तलाक' कहते जाइए।''

''मैंने तो सुना, आलेया ने भात चढ़ा दिया है।''

''चढ़ाया है तो चढ़ाने दें। क्या फर्क पड़ता है? उसने भात चढ़ाया है तो क्या यह जरूरी है कि आप खाकर ही टलेंगे? आलेया तो ज़िंदगी भर भात चढ़ाती पकाती रहेगी। आपको कितने जून खिलाते-पिलाते रहेंगे?''

''हाँ, यह भी सच्ची बात है।''

इमाम ने अपने कुर्ते की जेब से दाँतों की जोड़ी निकालकर कहा, ''अरे, दाँत तो माँजे ही नहीं।''

उन्होंने इधर-उधर नज़रें दौड़ायीं। उनका बेतरह मन हुआ कि वे बरामदे में बैठकर अपने बनावटी दाँत माँज-धोकर, मिस्सी लगाएँ और ससुर से बतियाते रहें।

इस बीच रईसुद्दीन, मेरे मामा भी लौट आए।

वहाँ इमाम को देखकर, उन्होंने दरयाफ़्त किया, ''तलाक हो गया, चचाजान?'' उन्होंने इधर-उधर नज़रें दौड़ाते हुए, अगला सवाल किया, ''क्या बात है, अभी तक तलाक नहीं हुआ? मुझे क्या जुल्मत को बुलाना होगा?''

जुल्मत दुर्धर्ष डकैत था। उसके नाम से समूचा शहर काँपता था।

इमाम ने कहा, ''एक दिन के लिए ही सही, आप मेरे रिश्तेदार बन गए। रिश्तेदार क्या डकैत बुलाते हैं? तलाक देने का वादा है, दे दूँगा तलाक! मैं कोई भागा तो नहीं जा रहा।''

''अरे, ज़रा जुल्मत को तो बुला ला'' रईसुद्दीन ने अपने दोस्त को हुक्म दिया।

''तलाक! तलाक! कहूँगा क्यों नहीं? यह बात तो पहले ही तय हो चुकी है कि तलाक देकर ही इस घर से जाऊँगा! शरीफ लोगों का घर है, ज़ोर-जबर्दस्ती की भला क्या जरूरत? लो, कह दिया, तलाक! तलाक!! तलाक!!! इतनी-सी बात के लिए डाकू बुलाएँगे? यह किस किस्म की बेइज़्ज़ती है!''

इतना कहकर, इमाम साहब ने पीछे मुड़कर नहीं देखा। वे हनहनाते हुए बाहर निकल गए। उन्होंने तलाक कहा और हो गया तलाक!

रईसुद्दीन गंभीर चेहरा लिए बैठा रहा।

''स्साला इमाम? इसे टालने के लिए डाकू बुलाने की क्या ज़रूरत? मैं अकेले ही उसे मार-मारकर तख़्ता बना देता!''

रात को अतहर आ पहुँचे। मेरे अब्बू! कानों में इत्र का फाहा ठुँसा हुआ।

आते ही उन्होंने नानाजान की क़दमबोसी करते हुए पूछा, ''अब्बा, वह शख़्स क्या आलेया के साथ सोया भी था?''

''अरे, नहीं, नहीं! सोएगा क्यों भला? शरीयत का काम निपट गया। एक ही रात का तो ब्याह था। बेचारा बुड्ढा इनसान था। इमामी करता है! उसके होने, न होने से क्या फर्क़ पड़ता है?''

अतहर का संदेह नहीं मिटा।

उसने दुबारा पूछा, ''आलेया से दो-एक बातें करना थी, अब्बाजान!''

''बात क्या करनी है? अभी तो, कहा जाए, तो तुम पराये मर्द हो।''

''पराया मर्द?''

''और नहीं तो क्या?''

''ओ ऽ ऽ!''

उसी रात मौलवी साहब आ पहुँचे।

उन्होंने अतहर और आलेया का निकाह पढ़ाया।

नानाजान ने राहत की साँस लेते हुए कहा, ''चलो, अल्लाह ने बचा लिया। जिसकी चीज़ थी, उसके हाथों सौंप दी, अब बड़ा चैन महसूस कर रहा हूँ।''

अतहर ने अपनी चीज़ वापस ले ली। 'चीज़' की गोद में चढ़ी-चढ़ी, मैं भी साथ गयी। खालिदा, आयशा भी चल पड़ीं।

अब्बू के यहाँ, मुझे आँगन में फेंके रखते थे। मैं मिउँ-मिउँ करके दिन भर रोती रहती थी। नाक से सर्दी झरती रहती थी। आँगन में ईंट के टुकड़े, मिट्टी के ढेले वगैरह बिखरे होते थे। मैं उठा-उठाकर खाती-चबाती रहती थी! माँ मेरी तरफ घूमकर भी नहीं देखती थी। जब मैं रो-रोकर समूचा घर सिर पर उठा लेती थी, माँ मुझे एक झटके में खींच लेती और अपनी छाती मेरे मुँह में घुसेड़ देती थी।

वे गुस्से से बड़बड़ाने लगती थीं, ''मर जा! मर जा न! तुझे तो मौत भी नहीं आती!''

लेकिन मैं भला क्यों मरने लगी? मैंने तो जिंदा रहने के लिए जन्म लिया था।

माँ अब्बू के सामने, मुझे ज़्यादा डाँटती-डपटती थी, ''इस छउड़ी ने तो नाक में दम कर दिया। काश, इसके पैदा होते ही, हम इसे नमक चटा देती।''

मेरे जन्म के पलों में उन्होंने मुझे मार क्यों नहीं डाला, इस शोक में वे अक्सर ही मुझे जमीन पर पटक देती थीं।

हाँ, बीच-बीच में, जब कमरे में कोई नहीं होता था, तो मुझे गोद में लेकर दुलराती-झुलाती भी थीं, ''निंदिया रानी, आना! मोरे घर आना! तोहे तोड़-तोड़ दूँगी पक्के अनार, डाल पे बइठी खाना।''

लोक-दिखावे के लिए माँ, मेरे नन्हे-नन्हे पाँवों को थपड़ियाती रहती थीं; बीच-बीच में गजराती भी रहती थीं और सबको यह समझाने की कोशिश करती थीं कि वे मुझे बूँद भर भी प्यार नहीं करती थीं। समाज-बिरादरी के लोगों की तरह, वे भी अपनी तीन नंबर बेटी के लिए ज़रा भी पक्षपात नहीं करती थीं और वे चाहती थीं कि सभी लोगों को इस बात की खबर हो जाए।

इसके बाद...

ऐसा तो था, मेरा जन्म! माँ और मिट्टी से कसकर चिपटे रहने और रूँ-रूँ रोने की उम्र! मैं इसी तरह पली-बढ़ी; बड़ी हुई! इस-उसके जूठे-कूठे खाती थी; लोगों के लात-जूते सहती थी। इनसान मुझ पर चाबुक बरसाते-बरसाते ले जाते रहे...कहाँ? यह तो मुझे भी नहीं मालूम। अभी भी मैं अपने जन्म की गंध सूँघते-सूँघते, जिंदगी गुजार रही

हूँ और मैंने प्रकृति से बार-बार सवाल किया है—औरत जात को आखिर पैदा ही क्यों किया? अगर जन्म दे ही दिया, तो उसे इनसान की तौर पर जीने दो। अगर ऐसा न कर सको, तो भले जन्म ही मत देना; उसे जच्चाखाने में ही नमक खिलाकर बिल्कुल जान से नहीं मार सकते?

मातृत्व

मेरे विवाह को सात वर्ष हो गए। मुझे आज तक कोई संतान नहीं हुई। अभी तक बच्चा क्यों नहीं हुआ, इस बात को लेकर, मेरे सास-ससुर ने मुझे कम ताने नहीं दिए।

"हमने क्या तो गुनाह किया, जो अपने बेटे के लिए ऐसी बहू ले आए, जो बाँझ है। हाय रे, कैसा सोने का टुकड़ा जैसा मेरा बेटा कैसी बाँझ बीवी के साथ गृहस्थी बसाए हुए है! घर में ऐसी बाँझ औरत है कि बाहर मुँह दिखाना मुश्किल हो गया है। किसी, और से ब्याह हुआ होता, तो समूचा आँगन बाल-बच्चों से भरा होता।"

अब वे लोग मेरे हर काम में वे सैकड़ों भूलें निकालते हैं। उनकी शिकायत है कि मेरा पकाया हुआ खाना, मुँह में नहीं दिया जा सकता; मेरे धोए हुए कपड़े ख़ास साफ़ नहीं होते; घर ठीकठाक रखने में, मेरा दीदा नहीं लगता वगैरह-वगैरह! ये लोग मुझे नाते-रिश्तेदारों के ब्याह-शादी में नहीं ले जाते। कहते हैं, मेरे जाने से अमंगल होगा। सुबह-सवेरे आँख खुलते ही, सास जी की नज़र अगर कहीं मुझ पर पड़ जाती है, तो वे आतंकित हो उठती हैं। वे खट् आशंकित हो उठती हैं कि जरूर कोई हादसा होगा। घर में जो रोमहीन लावारिस कुत्ता है, उसे भी मुझसे ज़्यादा इज़्ज़त मिलती है। घर में कोई भी नातेदार आता है, तो नज़रों के सामने से हट जाने के लिए, उस लावारिस कुत्ते को भी उतना नहीं दुरदुराया जाता, जितना मुझे खदेड़ा जाता है।

यह सब देखकर मेरा मन हद दुःखी हो जाता है। मैंने अपने पीहरवालों को संदेशा भेजा कि वे लोग आकर मुझे ले जाएँ।

मेरे बाप-भाई एक दिन आकर मुझे समझा गए, "अब यही तुम्हारी दुनिया है। बाकी जिंदगी, अब तुम्हें यहीं गुज़ारनी होगी। अपने पति, सास के चरणों में गिरकर माफ़ी माँग लो; रोओ-धोओ! इस घर में तुम्हें अगर दासी बनकर भी रहना पड़े, तो

रहो। याद रखो, पति के क़दमों में ही तुम्हारी जन्नत है।''

मैंने अपने पति से सैकड़ों बार विनती की, ''मेरा इसमें क्या क़सूर है, बताओ? मैं क्या जान-बूझकर बाँझ हुई हूँ?''

पति ने भारी-भारी आवाज़ में सिर्फ हुंकारी भरी।

झाड़-फूँक, मंत्र-पढ़ा पानी, गंडा-ताबीज़, मैंने कम नहीं किया। काले डोरे में ताबीज़ बाँधकर, गले और कमर में भी झुलाकर देखा, लेकिन मुझे बच्चा नहीं हुआ।

एक दिन थाना स्वास्थ्य केंद्र से एक डॉक्टर बुलाये गए।

सारा हाल सुनकर उन्होंने कहा, ''जाँच करना होगी।''

''जाँच? जाँच किस बात का?'' पति ने सवाल किया।

''पति-पत्नी, दोनों प्राणियों की जाँच होगी।''

''जाँच करने से बच्चा हो जाएगा?''

''हो भी सकता है।''

इसके बाद पति को कह-सुनकर, उन्हें अस्पताल ले गयी। जाँच-परीक्षण से ही, अगर मैं माँ बन सकूँ; मेरे बाँझपन की यंत्रणा, अगर कुछ कम हो सके। पति जनाब साथ चलने को कतई तैयार नहीं थे।

''अरे, भई, मेरी क्या जाँच करेगा? मर्द की कैसी जाँच-परीक्षा?''

''फिर भी चलो! सिर्फ एक बार चलो, जी! और कुछ नहीं, तो कम से कम मेरा मुँह देखकर ही चलो।''

इस क़िस्म की प्रेम-भीगी बातें करके, उसे मैं डॉक्टरखाने ले गयी। वहाँ मेरा मल-मूत्र-खून लिया गया और अलग कमरे में ले जाकर, मेरे पति की भी जाँच की गयी। पति जनाब की भौंहें चढ़ी रहीं। उन्होंने जुबान से कुछ नहीं कहा।

दस-पंद्रह दिनों बाद रिपोर्ट भी आ गयी। उस रिपोर्ट में पता नहीं क्या लिखा था। उन्होंने वह रिपोर्ट तैश में आकर फाड़ डाली।

''हुँः फा-लतू!'' वे बुदबुदा उठे।

''फालतू? डॉक्टर की रिपोर्ट फालतू है?'' डर के मारे मेरी साँसें रुकने लगीं।

''हाँ, फालतू है। साले कहते हैं, मुझमें ही बच्चा पैदा करने की क्षमता नहीं है! फिजूल की बकवास! मुझे क्या ख़बर नहीं है कि किसकी, क्या हालत है? मेरी उम्र के मर्द पाँच मिनट में ही फिस्स हो जाते हैं, जहाँ मैं तीस-चालीस मिनट तक टिका रहता हूँ! ये कमबख़्त बकवास करते हैं कि मुझमें ही बूता नहीं है।''

मेरी समझ में नहीं आया कि मैं क्या करूँ। अब तो मेरी सास मुझे कभी माफ नहीं करेंगी। वे जरूर अपने बेटे के लिए लड़की देखने निकल पड़ेंगी। बेटा इसमें ख़ास एतराज करेगा, ऐसा भी मुझे नहीं लगता। आजकल तो मेरे पति भी रात के सन्नाटे में लंबी-लंबी उसाँसें भरते हैं।

एक दिन उन्होंने खुद ही सूफिया का जिक्र छेड़ दिया, ''सूफिया को तीन-तीन

बच्चे हैं, तुम्हें पता है? बड़े सुखी जीव हैं वे लोग।''

''सूफिया के साथ तो तुम्हारी शादी होने वाली थी न?''

पति जनाब मुस्करा उठे, ''हाँ...''

मारे खुशी के उनकी आँखें हँस पड़ीं; उनके होंठ हँस पड़े।

वाकई, सूफिया के साथ अगर उनका विवाह हुआ होता, तो वे भी तीन-तीन बच्चों के बाप होते, यह सोचकर मुझे भी अच्छा लगा। अगर ऐसा हुआ होता, तो घरवाले भी सुख-चैन की साँस लेते। सच तो यह है कि बच्चा-कच्चा होना बेहद जरूरी है, इस बारे में पहले कभी इतना तीखा अहसास नहीं हुआ थ। लेकिन मेरे पति और सास-ससुर ने यह बात मुझे राई-रत्ती समझा दी है कि औरत के लिए बच्चा पैदा करने से ज़्यादा जरूरी, और कोई काम नहीं होता। कभी-कमी मुझे अपना जन्म ही बेहद निरर्थक लगता है। मुझे लगता है कि बच्चा पैदा करना ही मेरा असली काम है, बाल-बच्चे न होने की वजह से अगर मेरे प्रति लोगों की प्यार-प्रीति खत्म हो जाए, तो बाँझपन का रोग पाले हुए, इस दुनिया-संसार में, इतने असहनीय तरीके से जिंदा रहने की भला क्या जरूरत है?

दिन भर मैं बुझे-बुझे मन से सब्जी-तरकारी काटती रहती हूँ। खाना पकाती हूँ। पति-सास को खाना परोसती-खिलाती हूँ। थाली-बर्तन माँजती हूँ। जान-बूझकर ज़्यादा-ज़्यादा काम करती रहती हूँ। ताकि बाँझपन की ग्लानि थोड़ी-बहुत कम हो। मेरा ही पकाया हुआ खाना खाते-खाते, सास जी अड़ोसी-पड़ोसी से गपशप करती रहतो हैं। बेटे के ब्याह के लिए कहाँ, कौन-सी सुयोग्य लड़की है, इस बारे में सलाह-मशविरा करती रहती हैं। पड़ोसिनें सहमति में सिर हिलाते रहती हैं। मुझे यह भी अंदाजा हो गया है कि बहुत जल्द ही मेरे पति दूसरा विवाह करने वाले हैं।

मुझे यह भी अंदाजा है कि किसी दिन मेरे अपने माँ-बाप भी मेरे सिर पर हाथ फेरते हुए मुझे समझाएँगे, ''औरत की जिंदगी में पति ही सर्वस्व है। अब सौतन के साथ गृहस्थी में रसी-बसी रह, बिटिया! इसमें शर्मिंदगी की कोई बात नहीं है। तुममें ही ऐब है, इसीलिए तो लतीफ दूसरा विवाह कर रहा है। वह बेचारा कुछ अन्याय तो नहीं कर रहा है।''

जिन दिनों मेरा मन इतना गिरा-गिरा-सा था, अचानक एक दिन घर में काफी हो-हुल्लड़ और हंगामा मच गया। सब लोग आपस में कहने-सुनने लगे—अब सारी समस्या ख़त्म! समस्या? कौन-सी समस्या? जिन औरतों को बच्चा नहीं हो रहा है, अब होगा। मेदिनीपुर से जाने कौन तो पीर आ रहा है, सुना है कि उनमें असंभव क्षमता है। बहरहाल, मुझे इस बात पर विश्वास नहीं होता। डॉक्टरों ने साफ़-साफ़ कह दिया है कि हमें बच्चा नहीं होगा। फिर बच्चा होगा कैसे? वह पीर क्या डॉक्टर

की भविष्यवाणी उलट देगा?

मेरे पति ने कहा, "चलो, आखिरी कोशिश कर देखें। सलीम चच्चा को बारह साल तक कोई बच्चा-कच्चा नहीं हुआ था। इन पीर साहब की दुआ लेकर लौटने के बाद, चाची पेट से हैं।"

सास भी अपने सामने पनडब्बा लेकर बैठी-बैठी सुनाती रहीं। जिन रिश्तेदारों को पिछले पाँच-सात सालों से बच्चा नहीं हो रहा था, सुना है, अब वे औरतें भी गर्भवती हैं।

अस्तु, मुझे जाना ही पड़ा।

उस दिन सास जी ने हुक्म दिया कि मैं अपने पाँव रगड़-रगड़कर साफ़ करूँ और गुसल कर लूँ! पीर साहब के यहाँ जाने से पहले साफ-सुथरी हो लेना चाहिए।

उन्होंने अपने साथ एक अंडा भी ले लिया।

"साथ में एक अंडा भी ले लिया! इस अंडे को वे त्रीन हाथों के तलवों पर रखकर, वे बिल्कुल उबाल देंगे। उस उबले हुए अंडे को खाते ही, देखना, पेट में बच्चा आ जाएगा।"

मैं हँस पड़ी, "आप भी न, क्या बात करती हैं! अंडा खाकर भला बच्चा कैसे हो जाएगा? उस अंडे में ऐसी कोई चीज़ मिली होती है कि उसे खाते ही पेट में बच्चा आ जाएगा?"

सास जी की आँखें सिकुड़ आयीं, "तुम यह सबको क्या समझोगी? पीर साहब ठहरे अल्लाह के भेजे हुए औलिया! अल्लाहताला ने उन्हें काफी सारी क्षमताएँ अता की हैं।"

"इसीलिए क्या बाँझ औरत की कोख भर जाएगी?"

"अल्लाह का हुक्म हो, तो क्या नहीं होता?"

सास जी ने मुँह में पान दबा लिया। उँगली से जुबान पर चूना रख लिया। उनके गालों से खुशी झरने लगी।

पीर साहब के यहाँ बाँझ औरतों की विशाल भीड़! उन सबकी आँखों में सपने नाचते हुए! मुझे जाने कैसी तो दहशत होने लगी। हम दोनों सास-बहू, बरामदे में टूल पर बैठी-बैठी अपनी बारी का इंतजार करने लगीं। अंत में पुकार हुई! मेरे साथ-साथ सास जी भी पीर साहब के कमरे में दाखिल हुईं!

पीर साहब अगल-बगल दो गावतकिया दबाए, आराम से नख़्तनशीन थे। उनकी तीखी निगाहें मेरे चेहरे पर गड़ गयीं। सास जी ने पीर साहब के पैर छूकर प्रणाम किया। मुझे भी साष्टांग प्रणाम करने को कहा। मैं काठ बनी खड़ी रही, सास जी का हुक्म मुझे मानना ही पड़ा। उनके पाँव छूने के लिए झुकते हुए, मैंने गौर किया,

पीर साहब ने अपने पाँव ज़रा आगे बढ़ा दिए। गोरे-चिट्टे पाँव' धूल-मैल का बूँद भर भी निशान नहीं था।

सामने दरी बिछी हुई! हमें उसी पर बैठना था। हम दोनों बैठ गए। एक दाढ़ीवाला बंदा, अपने सामने कैश-बॉक्स लिए बैठा हुआ था।

उसने कहा, "बात करने से पहले, पाँच हज़ार रुपये लगेंगे।"

सास जी तैयार होकर ही आयी थीं। बुर्के के अंदर से रुपये निकालकर, उन्होंने कैश पर बैठे हुए बंदे को सौंप दिया।

उस आदमी ने रुपये गिनकर कहा, "हाँ, ठीक है!"

उसके ठीक है कहने के बाद, पीर साहब ने जुबान खोली।

"कितने सालों से बच्चा नहीं हुआ?" उन्होंने दरयाफ़्त किया।

जवाब सास जी ने दिया।

मैं निगाहें झुकाए बैठी रही, मानो खून का आसामी हाज़िर हुआ हो! मैंने कोई बहुत बड़ा गुनाह किया है और वह गुनाह, रुपये देकर मिटाया जा रहा हो।

पीर साहब ने हँसकर सवाल किया, "हमारी बहूरानी काफी शरमीली है।"

मैंने सिर उठाकर देखा, वे हँस रहे थे! सास जी भी हँस रही थीं। मुझे भी हँसना चाहिए, यह सोचकर मैंने भी मुस्कराने की कोशिश की, मगर मेरे होठ दर्द और विषाद से टेढ़े हो आए।

"पिछली बार माहवारी कब हुई थी, बहूरानी?"

माहवारी के बारे में सवाल किए जाने पर, मेरे कान शर्म से गर्म हो उठे। मैंने कोई जवाब नहीं दिया। इस सवाल का जवाब देना, सास जी के लिए भी संभव नहीं हुआ।

पीर साहब ने गमकती हुई आवाज़ में आश्वासन दिया, "माहवारी होने के बारह दिन बाद, तुम्हें आना है, बहूरानी! अपने साथ एक अंडा ले आना। अंडा खाने से, अल्लाह की रहमत से तुम्हें बच्चा ज़रूर होगा।"

सास जी ने दुबारा उनके पैर छुए और बाहर निकल आयीं, उनके हाथ का अंडा, हाथ में ही रह गया। दर्शनार्थियों की भीड़, बरामदे से शुरू होकर, अब आँगन तक फैल गयी थी। सबके हाथ में एक-एक अंडा! मैं भी हकबकायी निगाहों से इधर-उधर देखती हुई बाहर निकल आयी। सास जी सारी राह धाराप्रवाह बोलती रहीं।

"मुमकिन है, अपने बेटे की दूसरी शादी करानी ही पड़ती। शुक्र मनाओ कि पीर साहब प्रकट हो गए और तुम्हारी किस्मत खुल गयी। तुम तो अल्लाह का शुक्रिया अदा करो।"

मैंने सास जी से पूछा, "माहवारी के बारह दिनों बाद, अंडा क्यों खाना पड़ेगा? जिस भी किसी समय अंडा खाने से बच्चा नहीं होगा?"

"अल्लाह जो नियम तय कर दें, उसी मुताबिक अंडा खाना पड़ता है।"

"अल्लाह क्या माहवारी के हिसाब से समय तय करते हैं?"

सास जी फूत्कार उठीं, "अल्लाह के बारे में ऐसी बातें नहीं करते, बहू!"

मेरे पति जनाब ने रात को दरयाफ़्त किया, "अब तो बच्चा पेट में आएगा ही आएगा! क्यों, तुम क्या कहती हो?"

मैं हँस पड़ी, "माहवारी के बारह दिनों बाद बुलाया है–"

"अंडा क्या उसी दिन खाना होगा?"

"ऐसा ही तो कहा–"

"तुमने देखा न, कच्चे अंडे को कैसे उबाल देते हैं! अल्लाह कुदरत देखी?"

"आज हमारे अंडे में कोई करिश्मा नहीं किया। अगली बार करेंगे, ऐसा कहा। असल बात क्या है, पता है? इन पीर-फकीरों में मेरा विश्वास नहीं है। चलो, हम किसी अच्छे डॉक्टर को दिखाएँ। इस देश में अगर इसका इलाज न हो, तो चलो, अपन विदेश चलते हैं।"

पति ने डपट दिया, "सुनो, अल्लाह पर भरोसा रखो। पीर साहब के पास इतने लोग जाते हैं। झुंड के झुंड करोड़पति लोग वहाँ भीड़ लगाए रहते हैं। वे लोग भी उनके चरणों की धूल, अपने माथे से लगाते हैं। इतने-इतने पढ़े-लिखे लोग क्या बिना समझे-बूझे ही उनके पास जाते हैं? तुम क्या सोचती हो, वे लोग मूर्ख हैं? कॉलेज-यूनिवर्सिटी के प्रोफेसर? सेक्रेटरी? कौन नहीं जाता उनके पास? देश के प्रेसिडेंट तक उनके चरणों पर लोटते रहते हैं।"

माहवारी के बाद, बारहवाँ दिन कब पड़ेगा, सास जी ने इसका हिसाब-किताब कर रखा था। बारहवें दिन, मेरे पति और सास, दोनों ही मुझे पीर साहब के यहाँ ले गए। पीर साहब के यहाँ कतार-दर-कतार कमरे! कहीं मांस-कलिया उड़ाया जा रहा था; कहीं अल्लाह का ज़िक्र चल रहा था। कहीं हँसमुख चेहरा लिए, टोपी-कुर्त्ते में चंद लोग बैठे हुए! कहीं झुंड की झुंड औरतें मुँह लटकाए हुए बैठी हुईं!

मेरे पति बेहद मुग्ध निगाहों से चारों तरफ देखते हुए!

दो घंटे के इंतजार के बाद पीर साहब के दर्शन हुए! आज मुझे पीर साहब का दिया हुआ, उबला अंडा खाना था। सास जी आज भी अपने बुर्के में अंडा छिपाकर ले आयी थीं।

पीर साहब के कमरे में दाखिल होते ही, पिछले दिन की तरह ही, उस अतिरिक्त शख्स ने धातु जैसी झन्नाती आवाज़ में कहा–"पाँच हज़ार!"

मेरे पति ने झटपट पाँच हज़ार रुपये उस आदमी के हाथ पर धर दिए।

पीर साहब हाथ में अंडा लेकर मुस्कराते रहे।

अंडे को हाथ में गोल-गोल घुमाते हुए, पीर साहब ने फ़रमाया, "अल्लाहताला

से माँगने की तरह ही माँगना चाहिए। है कि नहीं?''

पति जनाब ने हुंकारी भरते हुए सिर हिलाया।

कटोरी की किनारी से ठोंककर, पीर साहब ने वह अंडा फोड़ा और कहा, ''अल्लाह का नाम लेकर, इसे खा जाओ, बहूरानी।''

अंडा वाकई पका हुआ था। मुझे लगा, यह तो नितांत जादू है!...बचपन में, मेरे पड़ोस के घर में ही एक छोकरा रहता था, उसके हाथ में ईंट का कोई टुकड़ा थमाते ही, वह अपने दोनों हाथ पीछे की तरफ ले जाकर, जाने क्या बुदबुदाता और जब वह हाथ आगे करता, उसके हाथ में ईंट के टुकड़े के बजाय, पूरा-का-पूरा अमरूद होता था।

बाद में हमने उसकी चालाकी पकड़ ली! वह अपनी पैंट की पिछली जेब में एक अमरूद ठूँसे रहता था। अपना हाथ पीछे ले जाकर, वह बड़ी चालाकी से ईंट का वह टुकड़ा, अपनी पैंट की जेब में ठूँस लेता था और अमरूद निकालकर सामने कर देता था। वह बुदबुदाकर जो पढ़ता रहता था, उसका कोई अर्थ नहीं होता था।

पीर साहब ने भी जब कुछ-कुछ बुदबुदाते हुए अंडे में फूँक मारी, मेरी निगाह में उसका कोई अर्थ नहीं था। मेरे पति ने वह अंडा अपने दाहिने हाथ में उठा लिया और विस्मिल्लाह कहकर, मेरे मुँह में लगभग ठूँस दिया।

मुँह का अंडा जब गले के नीचे उतर गया, पीर साहब ने फरमाया, ''अब बहूरानी को फूँक मारना होगा। कमरे में इस वक्त नाते-रिश्तेदारों का होना, नहीं चलेगा।''

मेरे पति और सास बाहर निकल गए। पीर साहब ने अपनी काली दाढ़ी पर हाथ फेरते हुए कहा, ''क्यों, जी, लड़की, अंडा खा लिया?''

मैंने सिर हिलाकर सहमति जतायी, ''हाँ—''

''तुम बेहद हसीन हो! तुम्हारे होठ, मानों संतरे की फाँकें! सेहत भी माशाअल्लाह! तुम्हारी उम्र कितनी है?''

''सत्ताइस!''

''तुम तो कच्ची कली हो! अभी ही बच्चा जनना जरूरी है?'' पीर साहब खिक्-खिक् हँस पड़े। उनके दाँत मूली की तरह दूधिया-सफ़ेद!

मैंने सिर झुकाकर कहा, ''मेरी ससुरालवाले चाहते हैं...''

''यही तो मुश्किल है! नामर्द पति, इन तमाम मसलों को ठीक-ठीक समझना नहीं चाहता।''

मैंने चौंककर पीर साहब की तरफ देखा। यह वे किस ढंग की बातें कर रहे हैं?

मैंने देखा, पीर साहब सिर से पाँव तक, मुझे पोर-पोर घूर रहे हैं! उनकी जुल्जुल् निगाहें, मेरा अंग-प्रत्यंग जैसे निगलती जा रही हों। उनके हाथ में एक तस्वीह हुआ करती थी, इस वक्त वह नदारद थी। उनके पाँव तक एक ढीलाढाला अल्खल्ला

झूल रहा था। अब वह धीरे-धीरे ऊपर उठने लगा।

पीर साहब ने फरमाया, ''बगल के कमरे में जाकर, मेरा इंतजार करो! अल्लाह का भेजा हुआ दूत, ख़िदमतगार वहीं आएगा।''

''अल्लाह का ख़िदमतगार?''

मैं अवाक् हो उठी। आज के युग में भी अल्लाह के दूत आते हैं, यह बात मैंने पहले कभी नहीं सुनी थी। बहरहाल, पीर साहब अब जो भी हुक्म फरमाएँ। मुझे तामील करना होगी, क्योंकि चाहे जैसे भी हो, मुझे एक बच्चा चाहिए ही चाहिए! मुझे यह देखने का भी कौतूहल हो रहा था कि अंडा खाकर, बच्चा होता है!

बगल के जिस कमरे में मुझे इंतजार करने को कहा गया था, उस कमरे की दीवार पर चार अदद तलवारें लटक रही थीं। फर्श पर एक चौकी बिछी हुई! रुपये वसूलने वाला, उस रोबोट शख्स ने मेरे चेहरे और आँखों पर सफेद कपड़ा बाँध दिया और मुझे बिस्तर पर लेट जाने को कहकर चला गया।

जाते-जाते वह रोबोट मेरे कानों में धातु जैसी आवाज़ में फुसफुसाकर कह गया, ''देखो, हिलना-डुलना नहीं।''

मैं काठ बनी लेटी रही। अचानक मेरी देह पर कोई भारी-भरकम देह सवार हो गयी। उस भारी-भरकम देह ने पूरे पंद्रह मिनट तक कुछ-कुछ किया।

मेरी तरफ से बाधा पाकर उसने फरमाया, ''यह बात अगर तुमने लोगों को बतायी, तो याद रखना, मेरा तो कोई नुकसान नहीं होगा, लेकिन तुम मुसीबत में पड़ जाओगी। तुम्हारा शौहर ही तुम्हें तलाक दे देगा। तुम्हारी भलाई इसी में है कि तुम किसी को कुछ न बताओ। चाँप जाओ। तुम्हें एक बच्चा मिल जाएगा। मुझे तुम पसंद आ गयी हो, इसलिए तुम्हें दवा देने के लिए मैं खुद आया हूँ। अन्य औरतों के लिए और-और लोग हैं। बुद्धू लड़की इन सबके बिना क्या बच्चा होता है?''

मैं गौंगियाती रही। वह शख्स उठकर चला गया।

धातु जैसी आवाज़वाले उस रोबोट बंदे ने आकर मेरे चेहरे-आँखों से पट्टी खोल दी, ''बस, अब आप चली जाएँ।''

मैं अपनी साड़ी ठीक-ठाक करके, कमरे से बाहर निकल आयी। बाहर मेरी सास और पति बैठे हुए थे। मेरा मन हुआ हिकारत से मैं थूक दूँ। हाँ, पीर के मुँह पर तो नहीं थूक सकी। मुझे उस शख्स ने किसी दूसरे दरवाज़े से पार कर दिया।

मेरे पति दौड़कर मेरे पास आ पहुँचे।

''क्यों, फूँक मार दिया?'' उन्होंने पूछा।

''हाँ'' या ''ना'' कोई भी जवाब देने का मन नहीं हुआ।

मेरे पति खुशी से गद्गद थे। मैंने अपने पति पर ही थूक देना चाहा, मगर मैंने देखा, वह थूक मेरे पति की बगल से होकर हवा के साथ किसी दूसरी तरफ उड़ गयी।

झरी हुई पत्ती

भर दोपहर तितलियों के पीछे

रमना की फुटपाथ पर जब मैं खड़ी होती हूँ, तो रोशनी सीधे मेरे चेहरे पर पड़ती है और मैं गोरी-गोरी लगती हूँ। सोडियम की रोशनी मेरे तन-बदन का रंग बिल्कुल बदल देती है। मेरे बदन का रंग ताम्रवर्णी है और तांबई रंग, रोशनी तले, कच्ची हल्दी जैसा नज़र आता है। मेरा रंग देखकर ही बहुतेरे लोग मुझे उठा लेते हैं। हालाँकि घर पहुँचकर वे देखते हैं कि मैं निहायत काली-कलूटी लड़की हूँ और मेरा पूरा चेहरा चेचक के दाग से भरा हुआ है। यह देखकर कोई जी भरकर गाली-गलौज करता है, कोई मेरे चेहरे पर ही उल्टी कर देता है, कोई अपनी टेंट से पैसे ही नहीं निकालना चाहता। जो लोग दारू के नशे में टुन्न होते हैं, वे लोग मेरी अदाओं पर ख़ास नज़र नहीं डालते, काम पूरा होते ही, करार से दस-बीस रुपये ज़्यादा, मेरे मुँह पर फेंकते हैं और मुझे चलता कर देते हैं। वैसे सभी दारूबाज़ ऐसा नहीं करते। बहुतेरे शराबी, जिनकी जेब में फूटी कौड़ी तक नहीं होती, इत्मीनान से मेरा मोल-भाव करते हैं, मुझे उठाते हैं, लेकिन जब मैं रुपये की माँग करते हुए, चीख-पुकार मचाती हूँ, तो वे लोग मेरे गाल पर थप्पड़-तमाचे जड़ देते हैं।

शाम उतरते ही, मैं रमना की फुटपाथ पर चली आती हूँ। वैसे सिर्फ ग्राहक पकड़ने के लिए ही मैं यहाँ नहीं आती। पुलिस बेभाव तंग करती है; रिक्शेवाले मुझ पर टूट पड़ते हैं, फिर भी मुझे पैदल-पैदल चलना अच्छा लगता है। जब मैं पैदल टहल रही होती हूँ, कभी-कभी मुझे यह भी याद नहीं रहता कि मैं यहाँ किसी ख़ास काम से आयी हूँ, मुझे इधर-उधर भी नज़र रखनी चाहिए। रास्ते से निगाह हटाकर, मैं हरी-हरी पत्तियों से लदी-फँदी दरख़्तों की तरफ तन्मय होकर देखती रहती हूँ। झाउ के पेड़ पर, उस दिन एक तितली उड़ती हुई देखकर, मैं नजरें नहीं हटा पायी। ग्रेल लाँघकर मैं तितली के पीछे ही दौड़ पड़ी। मेरे मन में उस तितली को पकड़ने

की तीखी चाह जाग उठी थी। बचपन में मुझे पतिंगे पकड़ने का शौक था। पतिंगे के पिछले सिरे पर धागा बाँधकर, मैं उसे पतंग की तरह उड़ाया करती थी। वैसे मुझे उस पर दया भी आती थी और मैं उसे रिहा भी कर देती थी। अब, तितली देखकर, उसकी पूँछ में धागा बाँधकर, उसे तकलीफ देने का मन नहीं होता। बस, उसे ज़रा छूकर देखने का मन होता है। उसे ज़रा छूने की ललक से, मैं पाँव घिसटकर, झाउ पेड़ की तरफ दौड़ पड़ती हूँ। मेरी निगाह पत्तियों की दरारों से तितली की पूँछ पर गड़ी होती है। इधर मुझे इस रंग में देखकर, सड़क पर लोगों की भीड़ जम जाती है—मामला क्या है? यह लड़की दौड़ क्यों रही है?

...रसूलपुर के बाशिंदे भी यही कुछ कहा करते थे, ''यह छोकरी वन-जंगल में इस तरह दौड़ क्यों लगाती है?''

मैं उन लोगों को मुँह चिढ़ाकर और तेज़-तेज़ दौड़ पड़ती थी। सालों से किसी को मुँह नहीं चिढ़ाया, इन दिनों किसी को मुँह चिढ़ाने का बेहद मन होता है। वे लोग, जो मुझे साथ ले जाने के लिए रिक्शे से उतर पड़ते हैं, मेरा मन होता है, उन्हें कसकर मुँह चिढ़ाऊँ और भाग लूँ। लेकिन भागकर जाऊँ कहाँ? किसके पास? हाँ, एक बार दौड़ भी गयी थी। दौड़ते-दौड़ते सीधे सितारा खाला की गोद में जा गिरी थी।

खाला ने कहा, ''तू किससे डरती है, री? वे लोग भी इनसान हैं। इनसानों से डरना नहीं चाहिए।''

खैर, इनसानों से डरना नहीं चाहिए, यह तो मैं भी समझती हूँ। लेकिन मैं क्या जान-बूझकर डरती हूँ। इनसान को देखकर, यह जो मेरा दिल धक्-धक् करने लगता है, उसे क्या चाहकर भी रोका जा सकता है? मैं भी क्या कभी डरनेवाली लड़की थी?

लोग-बाग कहते थे, ''यह लड़की पहले दर्जे की डाकू निकलेगी! रात-विरात बन-जंगल में फर्राट घूमती-फिरती है। दिल में तनिक भी डर-भय नहीं है।''

तेरह वर्ष की उम्र में भी मैं सूखे पत्ते-पत्तियाँ और डाल-काठ बटोरने के लिए जंगल-जंगल घूमती रहती थी। ना, शाम या रात, मैंने कभी नहीं मानी। सूखी लकड़ियों समेत, जब मैं घर लौटती, तो मेरी अम्मी आँगन में सूखी पत्तियाँ जलाकर, भात पकाती। मैं चूल्हे के पास बैठी-बैठी आग तापती रहती थी। भात जब खौलकर, खदबदाने लगता था, तो उसमें से भाप का जो धुआँ निकलता था, मेरा मन होता था कि मैं उसमें अपना समूचा चेहरा डुबाए रखूँ।

अम्मी भी लोगों की कही हुई बातें ही दोहरातीं, ''तुझको क्या डर-भय नहीं लगता? साँझ ढलने से पहले ही तू घर नहीं लौट सकती?''

लेकिन इन बातों की किसे परवाह थी? रात होते ही, जंगल में एक मोहक खुशबू तैर जाती है। कौन-सी कली, जाने कितनी रात को चिटखकर फूल बनती

है, कौन जाने! गजारी, साल, सागौन—सभी तो मेरे जाने-पहचाने थे। कब, किस पेड़ में नए पत्ते आए, कब किस पौधे में कलियाँ निकलीं, मुझे सब पता था। लेकिन रात होते ही यह खुशबू कहाँ से तैर आती है, यह मुझे आज तक नहीं मालूम! कभी-कभी लगता है, यह खुशबू शायद मिट्टी से आती होगी! मिट्टी से ही यह गंध उमड़ती होगी। मेरा मन होता था, मैं मिट्टी में नहा लूँ! पानी में नहाने के बजाय धूल में नहाना मुझे ज़्यादा पसंद था।

पूर्णिमा के दिन, जब समूचा जंगल श्वेत-शुभ्र चाँदनी में नहा उठा हो, उस वक्त माँ हिदायत देती थीं, "जंगल में जिन रहता है। रात के वक्त, जिन पेड़ों की डाल पर बैठकर बातें करते हैं।"

लेकिन मन भला मानता? भरी-भरी चाँदनी रात में, मैं धूल-मिट्टी में पाँव डुबाए, जंगल की तरफ दौड़ती चली जाती। जंगल में झींगुर की झीं-झीं की आवाज़ें, जुगनुओं की झिलमिल, मेरे पाँवों तले, सूखे पत्तों की चरमराहट और पीछे माँ की लगातार आवाज़ें—अंगूरी! ओ अंगूरी!

'अंगूरी' के नाम से मुझे और कोई नहीं बुलाता।

रिक्शे से उतरकर, जो मर्द मेरे करीब आते हैं, मुझसे सटकर खड़े होकर पूछते हैं, "ए, छोकरी, तेरा नाम क्या है?"

"मेरा कोई नाम नहीं है—"

"नाम नहीं है? भला कोई इनसान नाम के बिना होता है?"

"बाप का क्या नाम है?"

"पता नहीं—"

"बाप का नाम नहीं है? जारज संतान है क्या?"

"ह!"

जब मैं 'ह' कहती हूँ, मेरी जुबान ज़रा भी नहीं काँपती। भला काँपे क्यों? यह तो सच है न कि पैदाइश के बाद, मैंने 'बाप' नामक कोई चीज़ कभी नहीं देखी। मेरे बाप की सूरत-शक्ल कैसी है; कहाँ रहता है; उसका नाम क्या है?—अपनी माँ से जब भी मैंने ये सवाल किए, उनसे कभी, कोई जवाब नहीं मिला। इसलिए मुझे भी कोई गरज नहीं है कि मैं अपने बाप का परिचय देती फिरूँ।

कभी-कभी माँ नाराज होकर कहती थी, "गरीबों का बाप कैसा रे? गरीब तो अभाव से जन्म लेता है। अपनी पैदाइश का ठीक-ठिकाना, बार-बार क्यों पूछती रहती है?"

माँ जब फुंकनी से चूल्हा फूँकती थी, भात टगबगाकर खौलने लगता था, चूल्हे के करीब बैठी माँ का लाल चेहरा देख-देखकर, मैं विस्मय-विमुग्ध हो जाती थी।

माँ कहती थी, "तू इतना बाप-बाप काहे करती रहती है? अरे, जो तोरे मुँह में दो मुट्ठी आहार डाले, वही तोरा बाप है।"

"आहार तो मुझे, तुम खिलाती हो, तुम क्या मेरी बाप हो?"

माँ मुझे एकदम से झिड़क देती थी, "ह! हम ही तोरी बाप हैं।"

मैं खिलखिलाकर हँस पड़ती थी।

लोग-बाग का कहना था—सदरुद्दीन ही मेरा बाप था। कोई कहता था—नछू पगला! वैसे दो और नाम भी सुनने में आया था—अमानुल्लाह और बारिक मियाँ!

ये चारों नामों का ज़िक्र करते हुए, मैंने कई बार माँ से पूछा, "इनमें से कौन है मेरा बाप, बताओ तो?"

माँ हँस पड़ी, "इनमें से कोऊ नाहीं।"

"फिर...?"

"फिर क्या? बाप की फिकिर में मरो तुम लोग! दाना-पानी कउन देगा? खिलावेगा कउन? ई सब चिंता-फिकिर कउन करिहे? यह जो तू वन-वन, डाँव-डाँव घूमत है, तोरा बाप कउन है, यह सोच-सोचकर मानस लोगन की नींद हराम है, ई लोग का तुझे खिलावेंगे? जब हम बिना खाए, उपासी मरत रहीं, तब कउन भलेमानस का पूत हमको एक कौर खिलाने आवा?"

अपने जन्म से ही, मैंने अपनी अम्मी के अलावा और किसी को नहीं देखा, जो मेरा अपना हो। मेरी अम्मी टूटे-बेड़ेवाले कमरे में, मुझे छाती से लगाकर सोती थी। काफी रात तक मेरे सिरहाने कुप्पी जलती रहती थी। माँ कुप्पी बुझाती नहीं थी। तेल ख़र्च होने के बावजूद, वे कुप्पी नहीं बुझाती थीं। यह बात तो बहुत बाद में मेरी समझ में आयी कि असल में वे मुझे हर पल अपनी निगरानी में रखती थीं। जिस औरत का पति न हो; घर-संसार न हो; जो औरत लोगों के यहाँ बर्तन माँजती थी, जंगल-अधिकारी, काठ-चोरों के पीछे-पीछे पत्ता-बटोरनी सजकर, घूमती फिरती थी और दो-चार पैसे रोजगार करती थी; जिस औरत को दो जून का खाना न नसीब हो, घर में सिर्फ एक जून खाने की हाँड़ी चढ़ती हो, उसकी छाती का अनमोल धन एकमात्र मैं ही थी। अगर वह खो जाती, तो उसके पास आखिर क्या बचता? कड़ाके जाड़े की रातों में दो शरीर, सिमटे-सिकुड़े-से लेटे रहते! सुबह से फिर वही रोजगार का चक्कर! तरह-तरह का धंधा!

अम्मी कहती थीं, "देख, हरदम पास-पास रहना! कभी दूर मत जाना। आजकल के मानस की नीयत ठीक नहीं होती। जंगल-जंगल मत घूमा कर।"

"घूमूँगी क्यों नहीं? जंगल क्या किसी ने खरीद लिया है? जंगल तो गौरमिंट का है न? एक दिन तुमने ही बताया था कि जंगल सरकार की है।"

"सरकार का है, तो भी क्या? लोग-बाग क्या सरकार मानत हैं?"

"तुम सरकार को नहीं मानतीं?"

"गरीब लोगन को कितना-कुछ मानना पड़त है! तू बड़ी तो हो ले! सब समझ जावेगी।"

आखिर, मैं बड़ी भी हो गयी! देखते ही देखते अम्मी के क़द से भी ज़्यादा ऊँची हो गयी। अम्मी ने एक लफ़्ज भी झूठ नहीं कहा था। गरीब-गुरबा को काफी कुछ मान लेना पड़ता है। जो बातें अमीर लोग न भी मानें, तो भी उनका काम चल जाता है, गरीबों का नहीं चलता।

वह रिक्शावाला मुझे देखते ही पूछता है, ''क्यों, री, छिनाल, कितने में बिकेगी?''

अगर मैं उसके गाल पर दो थप्पड़ जड़ देना चाहूँ, तो क्या जड़ सकती हूँ? नहीं, नहीं जड़ सकती। मुझे तो अब यह भी याद नहीं कि कभी मेरे इन्हीं हाथों में जोर हुआ करता था। अब वह जोर नहीं रहा, क्योंकि अपने एक थप्पड़ के लिए मुझे दस थप्पड़ सहना होगा।

अम्मी मुझे सहेजे रहती थी।

रात को अगर हल्की-सी भी आहट मिलती थी, तो अम्मी कुप्पी हाथ में लेकर, चीखकर पूछती थीं, ''हमरे घर के दरवज़्जे, किस हरामज़ादे का पूत आया है। काटकर दो टुकड़े कर देबों, कहे देती हूँ।''

अम्मी की वह आगभभूखा मूर्ति, मुझे अक्सर याद आती है। दो जून का खाना नसीब नहीं होता था, मगर क्या भयंकर गुस्सा! समूची दोपहर जो लड़की तितलियों के पीछे दौड़ती-घूमती घर लौटती हो, उसे उसकी अम्मी अपनी भरपूर ताकत से सहेजे रखती! जीर्ण घर की दुखियारी औरत, मेरी अम्मी! दो ही लातों में जिसकी झोंपड़ी फूस-छादन समेत ढह जाती, उसी झोंपड़ी में टिमटिमाती हुई एक कुप्पी और एक भोथरे-से एक दाँव के सहारे, वह मुझे अगोरती रहती थी। अपनी उसी तेरह वर्ष की उम्र से मुझे अहसास होने लगा था कि दिन के वक्त मैं भले वन-जंगल में घूमती फिरूँ, कोई खास पलटकर भी नहीं देखता था। लेकिन, रात के वक्त मेरी कीमत चढ़ जाती थी। रात के वक्त हर कोई उसे चोरी-छिपे घूरता रहता था। पूनम की रातों में मैं अम्मी को कुप्पी नहीं जलाने देती। पूनम की रात, मैं अपनी खिड़की खुली रखती हूँ और चाँदनी से मेरे घर का कोना-कोना भर जाता है।

मैं अम्मी से कहती थी, ''कुप्पी क्यों जलाए रखती हो? समूचे आसमान पर, कितनी बड़ी कुप्पी जल रही है, देख नहीं रही हो?''

आज भी, पूनम की रातों में मेरी बेसुधी नहीं टूटती। सारी-सारी रात मैं रमना के मैदान में लेटी रहती हूँ। पूर्णिमा की ये रातें, नितांत मेरी हैं। मैं इन्हें किसी और से नहीं बाँटना चाहती। ऊपर आकाश, पाँवों तले माटी बीच में घास की ताज़ा घास-फूल की तरह मैं! इसके अलावा दुनिया में कहीं कुछ भी नहीं है। कभी-कभी मुझे अपना आपा घास-फूल की तरह ही लगता है। छोटा-सा, नन्हा-सा, एक अदद फूल! जिसके न स्वजन हैं, न पड़ोसी! मैं बिल्कुल अकेली हूँ। मेरे पास सिर्फ आसमान और माटी है, जल और दरख़्त है यानी हज़ारहा नक्षत्र-डोंगिया हैं।

अम्मी तुम जुगनू हो

"अम्मी तुम किसकी बेटी हो?" बचपन में अम्मी से मैंने सवाल किया था।

"हमका नाहीं पता–" अम्मी ने जवाब दिया।

अम्मी का यह जवाब सुनकर–हमका पता नहीं–मुझे बेहद मज़ा आता था। जैसे जुगनू को पता नहीं कि उसका जन्म कहाँ, कैसे हुआ। अम्मी भी मुझे जुगनू जैसी लगती थी।

मुट्ठी में जुगनू पकड़कर, मैं अम्मी के सामने नाच उठती थी, "अम्मी-अम्मी, तुम भी जुगनू हो।"

अम्मी भी हँस पड़ती थी। अम्मी यह समझ पाती थी कि मैंने उसे जुगनू क्यों कहा। मुझे लगता था कि जैसे जुगनू को नहीं मालूम कि अँधेरे के किस जंगल में उसका जन्म हुआ, वह तो सिर्फ रोशनी देता है। अम्मी भी किसी जंगल से निकलकर, हाथ में कुप्पी लिए बैठी है। वैसे अम्मी जब बेहद उदास और दुःखी होती थी, उसी वक्त अपनी झोंपड़ी के दरवाजे पर बैठी-बैठी, अपने बारे में ज़िक्र छेड़ देती थी!

"मेरा घर-द्वार तो था ही! माँ-बाप भी थे। जमीन भी थी, दू कनिया! हमने कभी, कोई अभाव नहीं देखा था। मोरी अम्मी मुट्ठी भर धान रख लेत रही। तीनों वेला पेट भरकर भात खाती थी! पुष्कुनी मछली में सानकर! दुइ ठो गइया भी थीं। बापजान खुद दूध दूहते थे। गहया पाँच सेर दूध देत रही! अचानक, कैसे तो, क्या भया....भूख! भूख का शोर मच गया! भूख? भूख काहे लगने लगी? वैसे भूख तो हमें भी लगत रही! अम्मी तीन वेला की जगह एक ही वेला खाना पकाने लागी! वह भी माप-जोखकर! अम्मी हमका समझाती थी कि वेसी पकावेंगी, तो काठ खतम हो जावेगा। काठ बचावन के लिए अम्मी हमका भात नाहीं देती, हमका यह विस्वास नहीं होता था। फिर ऐसा भी समय आवा, जब एक जून भी खाना पकाना बंद हो गवा। मारे भूख से मोरे पेट में मरोड़ा उठने लगा। हम सब भूख के मारे पूरे अँगना में कूदत फिरी। देस में जाने कहाँ से अकाल उतर आवा था! बापजान गइया बेच दिहिन! दुइ कनिया जमीन भी बेच डाले। जो रुपैइय्ये मिले, वही पूँजी लेकर बापजान हाट-बाजार दौड़न लागे। न्ना, चावल कतहूँ नाहीं था। एक महाजन ने थोड़ा-सा चावल दिया। जब ऊ चावल खतम हो गवा, फिर वही हाथ पसारना! खाली हाथ पसारो, तो उस हाथ पर कोऊ कछु नाहीं रखता। जमीन गयी, घर-दुआर गवा, गइया गयी, काठ की खाट-संदूक–सब चला गवा। अंत में बापजान कहिन–चल, जरीना चल मोरे साथ!

हमने पूछा, "बापजान, हम कहाँ जाय रहे हैं?"

बापजान हमसे बोलिन, "आज बुधवार है, हाट का दिन। चल, तोका नयी फिराक खरीद दूँ।" पेट में अन्न का एक दाना नहीं था और नयी फ्रॉक खरीदने,

हम जो घर छोड़कर निकलीं, जनम भर के लिए घर के बाहर हो गयीं। मोरे बापजान हमका बाजार में लै जाकर, किसी मरद मानस को तीन रुपैइय्ये में बेच दिहिन! तीन ठो रुपैइय्या हाथ में लेकर बापजान घर की तरफ दौड़ गए। हम 'बापजान', 'बापजान' चिल्लाती रहीं; रो-रोकर उनको बुलाती रहीं, मगर बापजान को नाहीं लौटाल पायी। हमरे गले से ख़ास आवाज तक नाहीं निकली। बिना खाए-खाए, देही में जोर कहाँ रह गया था?

मुझे अपनी अम्मी पर बेतरह दया आती है! अपने सगे बाप ने अपनी सगी बेटी को बेच दिया। अगर मेरा भी कोई बाप होता, तो वह भी शायद इसी तरह मुझे बेच देता। अम्मी की आपबीती सुनकर, पिता के बारे में, मुझे एक क़िस्म की दहशत हो गयी थी। मानों मेरे पिता नहीं है। यह मेरी बहुत बड़ी खुशकिस्मती है। मेरी अम्मी कभी-कभी अपने बापजान को याद करते-करते, रो पड़ती थी–"अहा, बापजान भूख बरदाश्त नहीं कर सके, अपनी बेटी को ही बेच दिहिन।" लेकिन कभी-कभी एकदम से ख़फा भी हो जाती थीं–"नहीं, नहीं, नहीं, मेरा कोई बाप नहीं था। अकाल पड़ता है, तो शायद इसी तरह बाप अपनी बेटी को बेच देत है। ऊ बेटा, मोरा बाप नाहीं था, हमरी माँ का दामाद था।"

माँ के दामाद को तो बाप ही कहते हैं–मैं बहस छेड़ देती थी!

अम्मी भी जवाब देतीं–तुझसे कउन बोला कि माँ के दामाद को बाप कहत हैं? अरे, बाप होना, आसान बात नाहीं है। बाप बनने के लिए अपनी थाली का आहार, संतान की थाली में डारे परत है। हर कोई बाप नहीं बन सकता।"

इसीलिए अम्मी को जुगनू कहना, मुझे अच्छा लगता है। निकष काला, उनके बदन का रंग! नाक भोथरी! लेकिन आँखों से मानो रोशनी फूटती रहती थी। मेरी आँखें भी बिल्कुल अम्मी जैसी हैं। आईने में देखो, तो अम्मी की आँखों में और अपनी आँखों में, मैं कोई फर्क़ नहीं कर पाती। रूखे बाल, जैसे माँ के थे, वैसे मेरे भी हैं। अम्मी जितनी काली तो मैं नहीं हूँ। फिर भी काली ही हूँ। मेरे जन्म के लिए अम्मी का जो मर्द-साथी जिम्मेदार था, वह शायद थोड़ा-बहुत काला था।

"अच्छा, अम्मी, उसके बाद क्या हुआ? वह जो हाट में खड़ी-खड़ी तुम रोती रहीं, फिर क्या हुआ?"

"अउर का होना था? जिस मरदूद के हाथ हमका बेचा था, वह कसकर मेरा हाथ पकड़े रहा। बापजान के पीछे हमका जाने ही नहीं दिया। वह कमबख़्त हमका खींचते-खींचते, दक्खिन की तरफ लै गया, जबकि मोरा घर उत्तर में था। न हम रास्ता पहचानत थीं, न घाट! मारे भूख के मोरे पैर भी जवाब दे गए थे। वह बेटा, मोरा ख़रीदार, हमका कुल दुई रोटी खावे को दिहिस! आ–ह! दु ठो रोटी पाकर, हम भूल गयी कि मोरा बाप कउन है, माँ कउन है! हम यह भी भूल गयी कि हम सोहागी गाँव की बिटिया हैं! ऊ कमबख़्त हमका श्यामगंज लै गया। बाप रे ऽऽ

कित्तना दूर था श्यामगंज! नहर पार भई, हाबड़ा पार भई, साँझ भै गयी, मगर श्यामगंज नाहीं आँवा। लाइन पार करके मील पर मील पार हो गया, लेकिन कहाँ? गाँव फिर भी नाहीं आवा! घनघोर रात के बखत श्यामगंज पहुँची! अहा रे, हमका बहुत पियास लागी थी, लेकिन कोऊ हमका चुल्लू भर पानी नाहीं दिया। मोरी छाती फटने लागी। आज भी जब ऊ दिन याद आवत है, तो हमका वही पियास फिर दबोच लेत है।"

प्यास! प्यास! की गुहार लगाते हुए, अम्मी आज भी छाती पीटने लगती हैं। मैं अवाक् हो जाती हूँ। मुझे समझ में नहीं आता कि दस साल की उम्र की वह प्यास आज भी उनका पीछा कर रही है।

अम्मी जब छाती पीट-पीटकर गुहार लगाती है—हाय रे पिआस! पूरी कंसा नदी का पानी एक घूँट में पीवे का मन होत है—तब पता नहीं क्यों मेरे मन में भी तीखी प्यास जाग उठती है। मारे प्यास के, मेरी भी छाती फटने लगती है। जब मेरी भी सोलह साल उम्र थी, मुझे भी प्यास लग आयी थी। एक शख़्स, मेरे बदन पर सवार हो गया था। उफ! कितना भारी वजन था, उस शख़्स का! मैं पानी! पानी! की गुहार लगाती रही। वह शख़्स ठहाके लगाता रहा। मैंने पहली बार देखा, किसी की तकलीफ पर कोई यूँ हँस सकता है। मुझ पर चढ़ बैठनेवाले शख़्स से तो मेरा सुबल ही भला था। देवता जैसा लड़का। वह मेरी हर बात मानता था।

मैं जंगल में पाँव पसारे, बैठी रहती थी और उसे हुक्म देती थी, "एइ, एक गिलहरी तो पकड़ ला।"

वह फौरन दौड़ जाता था।

दौड़! दौड़!

और वह सच ही एक गिलहरी पकड़ लाता था। लेकिन उस जानवर को नीचे उतारते ही, वह पत्तों की दरार से सर्र से भाग जाती थी। वह दौड़ता-भागता गया, सुबल का इसका कतई अफसोस नहीं होता था। वह जो गिलहरी ले आया और मेरे हाथों में सौंप सका, वह तो इसी बात से महाखुश हो जाता था। उस लड़के की नाक हमेशा बहती रहती थी। उसकी कमर में काला डोरा बँधा रहता था। बिल्कुल मरगिल्ला-सा! मौका पाते ही वह लड़का मेरे करीब आ बैठता था।

मैं उससे कहती थी, "सुन, सुबल, तेरा भी बाप नहीं है, मेरा भी नहीं है। चल, हम भागकर इतनी दूर चले जाएँ कि कोई हमें ढूँढ़ न पाए।"

"कित्तनी दूर....?"

"चल, दिल्ली चलें—"

"दिल्ली? दिल्ली कहँवा है? इस पार या उस पार?"

"शायद इसी पार!"

"तब तो माँझी चाहिए—"

"माँझी छोड़! चल, हम तैरकर पार हो जाएँ—"

"तैरकर?"

दोनों के सपने, सूखे हुए पत्तों की तरह नीचे पड़े रह जाते थे। हम दोनों ही वे तमाम सपने, अपने पैरों तले रौंदकर, हम घर लौट आते थे। मेरा तो घर कहने लायक कुछ तो था, सुबल का तो वह भी नहीं था। वह जंगल अधिकारी के बंगले के बरामदे में ही सो जाता था। वह मुझसे आधी उम्र का लड़का था। माँ-बाप थे नहीं! किसी घर को उस पर दया आ जाती, तो वे उसे थोड़ा-बहुत कुछ दे देते थे, जो खाकर, वह गुज़ारा कर लेता था।

मैं अम्मी से कहती थी, "आज कुछ खाना-वाना हो, तो सुबल को दे दो, अम्मी!"

अम्मी अचकचाकर पूछती थी, "काहे?"

"उसने शायद दो दिनों से कुछ खाया नहीं।"

"अहा रे, बेचारा! बुला ले! बुला ले! जल्दी से वह कुछ मुँह में डाले।"

मैंने देखा था, अम्मी के अन्दर कोई बेहद नरम प्राणी वास करता था। एक दिन तो खुद अपनी आँखों से यह भी देखा था कि जंगल के सेकंड अधिकारी के सामने सुबल ने हाथ फैलाया। भूख के मारे, उस बेचारे के गले से आवाज़ तक नहीं निकल रही थी। जंगल के कर्मचारियों ने उसे दुरदुराकर खदेड़ दिया। लेकिन बेहद गरीब होने के बावजूद, मेरी अम्मी ने सुबल को कभी खाली पेट नहीं लौटाया। कभी-कभी तो मुझे यह भी लगता था कि जंगल-अधिकारियों की तुलना में, मेरी अम्मी ही ज़्यादा अमीर है। अम्मी के अंदर की यह रोशनी, मुझे भी रोशन कर जाती थी।

गिलहरी! गिलहरी!

सुबल पलक झपकते ही गिलहरी पकड़ लाता था और मेरे पैरों पर डाल देता था। कमर में काला डोरा बँधा हुआ, वह सात साला लड़का, आसमान की तरफ घूरता हुआ, सूखे पत्तों पर लेट जाता था।

मैंने सुबल से सवाल किया, "एइ सुबला, बड़ा होकर तू क्या बनेगा रे?"

"डाकू!"

"डाकू बनेगा? क्यों, रे? शायद अमीर बनने का चाव है तुझे–"

"हम डाकू बनूँगा और मानस लोगन का खून करूँगा।"

"किसका खून करेगा, रे, तू?"

"यह नहीं बताऊँगा–"

"क्यों, रे, सुबल, मुझे बताने लायक बात नहीं है? बता न! मैं क्या किसी को बताने जाऊँगी? चल, बता! तुझे मुझ पर भरोसा नहीं है?"

सूखे पत्तों पर लेटा-लेटा सुबल, अपने पैर ऊपर उठाकर नचाता रहता था। आधे अंगुल का उसका गुप्तांग, जाँघों की दरार से झूलता रहता था। कमर से लेकर पैर तक, कपड़े के नाम पर, बस, वह बित्ता-दो बित्ता भर काला डोरा!

सुबल किसी शर्त पर भी यह बताने को राजी नहीं हुआ कि वह किसका खून करेगा।

उस रात मैं बेतरह बेचैन रही।

अम्मी को आभास हो गया।

उन्होंने पूछा, ''क्या री, नींद नहीं आ रही?''

''ना—''

''कोई बुरा सपना देखा?''

''ह!''

''सपने में क्या देखा?''

''सुबला डाकू हो गया है। लोगों का खून करता है।''

''अला-वला दूर हो! सुबला डाकू क्यों बनेगा? न रोटी का इंतिजाम, न कपड़ों का! दुधमुँहा बच्चा! मुँह दबाओ, तो दूध निकल आवे। वह बच्चा, भला डाकू होवेगा?''

''मुझसे तो यही कहा—''

''कहा तो कहा! इससे का होता है?''

''हम भी डाकू बनूँगी।''

अम्मी खिलखिलाकर हँस पड़ी।

''डाकू बनकर क्या करेगी?''

''डाकू बनकर, इनसानों का कत्ल करूँगी।''

''किसे मारने का मन होता है?''

''जमीनों के मुंशी को—''

''जमीन के मुंशी ने तोरा का बिगाड़ा?''

''उस दिन हम गिलहरी के पीछे-पीछे दौड़ रही थी। जमीन का मुंशी हमसे छेड़छाड़ करने लगा। हमने कहा, जो कहना है, साफ़-साफ़ कहें। बेटा कहने लगा, तोरी मइया को हम...''

''मइया को...क्या?''

''वह मैं नहीं बता सकती।''

''समझ गयी!''

मैं करवट बदलकर लेटी रही लेकिन अम्मी के लिए मन बेतरह दुःखी हो आया। माँ दुःखी होती थी, तो मेरे सीने में भी कहीं दुःख जाग उठता था। मन दर्द से टीसने लगा था। अम्मी जब मेरा लाड़-दुलार करती थी, मुझे लगता था, जैसे मैं अम्मी की गिलहरी हूँ। मुझे मौका मिलता है, तो मैं गिलहरी को अपनी दोनों हथेलियों के तलवे

में उठाकर, उसे मूँगफली खिलाती थी। अम्मी भी जब टिन की एक तश्तरी में मुझे खाना परोस देती थी, मुझे लगता था, जैसे मैं नन्ही-सी गिलहरी हूँ, मेरी अम्मी मेरा लाड़-प्यार कर रही है। अम्मी लगभग खुद ही...अपने हाथ से खाना सानकर वे मुझे खिलाती थीं, खुद न खाकर, मुझे खिलाती थीं। एक दिन गपागप खाने के बाद, मैंने देखा, अम्मी ढक्ढक् सिर्फ पानी पी रही है।

मैंने पूछा, "तुम खाना नहीं खाओगी?"

"बाद में खा लूँगी। चल, तू सो जा!"

मैं खा-पीकर बिछौने पर लेट गयी। अम्मी भी मेरी बगल में लेट गयी। और अगले ही पल उसकी आँख भी लग गयी। मैं उठी और दबे पाँव आगे बढ़ी। मैंने पतीली का ढक्कन उठाकर देखा। उसमें भात का एक दाना तक नहीं था। मैं खामोशी से लौट आयी और दुबारा बिस्तर पर लेट रही। अम्मी के लिए मुझे बेभाव रुलाई छूटने लगी। अगले दिन अम्मी पोखर से जंगली लता तोड़ लायी और उसे उबालकर, उसने अपने पेट की आग बुझायी। मैं चोर-निगाहों से देखती रही। मुझे दुबारा अहसास हुआ, जैसे मैं गिलहरी हूँ। जैसे मैं खुद न खाकर, गिलहरी को अमरूद खिलाती हूँ, अम्मी भी बिल्कुल वही करती है। मैं शायद सच ही, अम्मी की पाली-पोसी गिलहरी हूँ।

वनफूल का लोभ

सुबल नहीं, वनफूल, मैंने खुद ही आविष्कार किया। सूखी लकड़ियाँ रखने गयी थी, जाने कब वहीं सो गयी। अचानक जब नींद टूटी, तो चारों तरफ मीठी-सी खुशबू! मैं उठ बैठी और मैंने आँखें मल-मलकर देखा और एकदम से उस खुशबू के पीछे-पीछे दौड़ पड़ी। दौड़ते-दौड़ते पारो के घर! वह घर लाँघकर नहर के करीब! नहर के पार, फिर वही वन-जंगल! उसी वन में वे फूल खिले हुए थे। छोटे-छोटे! लाल-लाल! फूलों में इतनी खुशबू होती है? इतनी खुशबू होती है फूलों में? मेरा मन होता था, उन फूलों पर लेटी रहूँ। जिंदगी भर लेटी रहूँ। अगर मेरी अम्मी न होती, मैं सच ही जिंदगी भर उन फूलों पर लेटी रहती। सुबल को यह सुविधा है। वह जहाँ चाहे, रात गुज़ार सकता है। सारा दिन डाँव-डाँव घूमने भटकने के बावजूद, शाम होते ही मुझे एक अदद झोंपड़ी में लौटना पड़ता है। वहाँ भाप-धुआँ उठता हुआ भात पका रही होती है, मेरी अम्मी! मेरा खाना खाने का मन हो आता है। अम्मी के बदन की खुशबू तले सोने की भी तबीयत होती है। लेकिन अचानक-अचानक ऐसा भी होता है कि कुछ भी करने को मन नहीं होता। उस वक्त सिर्फ फूलों पर लेटे रहने की इच्छा होती है। बस, फूलों की खुशबू लेती रहूँ और आसमान निहारती रहूँ। इससे ज़्यादा सुख और कहाँ है? मेरे लिए कहीं, कोई बाधा नहीं है, फिर भी, कहीं कोई बाधा

है। सुबल के साथ हर दिन मेरी मुलाक़ात नहीं होती। वह लड़का अनारस के बाज़ार की तरफ निकल जाता है। वहाँ अनारस बिकते हैं। वह भी सामने टोकरी रखे, सड़क किनारे बैठा रहता है। सारे अनारस बेच-बाचकर, मुनाफे के तौर पर, दो-एक रुपये उसके हाथ आ जाते हैं। यही रुपये लेकर वह नाचते-कूदते लौट आता है। इधर कुछ दिनों से उसके बदन पर एक हाफपैंट चढ़ी रहती है। किसी अधिकारी की बीवी ने उसे दिया है। जिस दिन उसने वह हाफपैंट पहनी, मेरी तरफ खूब हँस-हँसकर देखता रहा। मैं भी हाफपैंट पहनती थी, वह भी हाफपैंट पहने हुए था। अब हम दोनों में मानों कोई फर्क नहीं रहा यानी अब जैसी मैं थी, वैसा ही सुबल भी! अब वह मेरी हुक्म-फर्माइशें कभी पूरी नहीं करेगा। अब उससे गिलहरी नहीं मँगायी जा सकेगी। इस तरह, जंगल में, मेरे राज-पाट के दिन ख़त्म हुए।

मैं बेहद उदास बैठी थी।

अचानक सुबल ने मेरे बाल खींचते हुए कहा, "देखा, हम कितना अमीर हो गया हूँ।"

"देख रही हूँ—"

"यह पत्ते के रंग की है! अभी तो एक और मिलेगी, माटी के रंग की!"

"ओ ऽ ऽ ऽ"

"जूता भी...!"

"लगता है, तेरा धंधा काफी चल पड़ा है?"

"हम अनारस की खेती करूँगा! अनारस बेचकर मकान खड़ा करूँगा।"

"कहाँ? ऐन शहर में?"

"ना! दुबई में।"

"दुबई मुझे भी ले चलेगा?"

"देखूँगा—"

इतना कहकर सुबल चला गया। मुझे बेहद तकलीफ होती रही। सुबल दुबई चला जाएगा? मैं कहाँ जाऊँ? यह रसूलपुर छोड़कर, मैं क्या कभी, कहीं जा सकूँगी? यह रसूलपुर मुझे कभी अच्छा भी लगता है, कभी बेहद बुरा भी लगता है।

अगले दिन, फिर वही हरे रंग की हाफपैंट पहने, सुबल से भेंट हुई।

"जा रहा हूँ, बाज़ार जा रहा हूँ।"

"मुझे साथ ले चलेगा?"

"धत्त्! तुझे कैसे ले चलूँ? तू तो छउड़ी है।"

"तो क्या हुआ? छउड़ी लोग क्या हाट-बाज़ार नहीं जातीं?"

"छोकरी लोग नाहीं जातीं।"

"न जाएँ, मगर मैं जाऊँगी।"

"तो, जा, तू अपनी मर्जी से जा! मोरे साथ चलने को क्यों कहत है?"

"बस, गपशप करते हुए पहुँच जाएँगे।"

"मेरे को टैम नहीं है।"

"ओय-होय....'टैम' बोलना भी सीख गया है?"

सुबल हँस पड़ा।

उसकी हरी पैंट पर अब मैल जमने लगी थी। मैं चाहती हूँ, दिन-दिन यह और मैली होती जाए। फटकर गूदड़ हो जाए। असल में जब तक वह नंगा बच्चा था, उतने दिनों वह मानों ज़्यादा अपना सगा था। एक ही पैंट पहनकर वह बाज़ार जाता है; रोजगार-धंधा करता है। अब, उसी पैंट में दुबई भी चला जाएगा। मुझे उससे कैसी तो जलन होने लगी! कहीं गुस्सा भी आया।

मैंने सुबल से कहा, "मैं भी दुबई जाऊँगी।"

सुबल खिलखिलाकर हँस पड़ा, "ओय-होय...."

"ओय-होय की क्या बात है? तू जा सकता है, मैं नहीं जा सकती?"

"नहीं, तू नहीं जा सकती।"

"जा सकती हूँ! जा सकती हूँ! जा सकती हूँ। तुझसे जो बने, कर ले।"

सुबल हँसता रहा। उसके झकझक सफेद दाँत चमकते रहे। उसके सामने मैंने अपने को बेहद दीन-हीन महसूस किया।

"कट्टी! तुझसे मेरी कट्टी!" मैंने मुँह फुलाकर कहा।

"ओय-होय! कट्टी करती है छोकरिया।"

"तू यह बता, मुझे अपने साथ दुबई ले जाएगा या नहीं?"

"न्ना!"

"बाज़ार भी नहीं ले जाएगा?"

"न्ना!"

सुबल उठकर चला गया। मैं उन सूखे पत्तों पर बैठी रही। कहीं गिलहरी बोल उठी—कुट्-कुट्! मैंने पलटकर नहीं देखा। एक बच्चे जितने लड़के के प्रति, मेरी निर्भरता बढ़ती जा रही थी, मुझे अंदाजा होने लगा। सुबल के जाते ही मेरी आवाज़ रुँध आयी। यह अंदाजा लगते ही, मैं घर की तरफ दौड़ पड़ी।

अम्मी ने पूछा, "क्या, री, लकड़ियाँ कहाँ हैं?"

"मैंने चुनी ही नहीं।"

"तोका भया क्या?"

"वही...साला सुबला...! कहता है, वह दुबई जाएगा।"

"सुबला भला दुबई कैसे जा सकता है? अभी तो ओका दूध के दाँत भी..."

"वह अकेला ही जाएगा।"

"जाने दे! चला जाए, तो भला ही होगा। बेचारा बिन माँ-बाप का लड़का!"

"मेरा भी बाप नहीं है, तो क्या मैं दुबई चली जाऊँ?"

"जिस दिन जाय सकेगी, चली जाना।"

"कहता है, छोकरी लोग नहीं जातीं।"

"छोकरी की का बात है? छउड़ी कउन है? छउड़ी लोगन को, का भूख-पियास नाहीं लगती? छउड़ी लोगन के का हाथ-पाँव नाहीं होते? छउड़ी लोगन का पेट में पाथर बाँधे रहती हैं? तू दुबई जावेगी? चल, तुझे दुबई हम भेजूँगी।"

"तुम झूठ बोल रही हो, मुझे पता है।"

"अच्छा, बिटिया, दुबई का गंगा के उस पार है?"

"ह!"

"दुबई में कित्तनी बेर खाना देत हैं?"

"लगता है, शायद चार बार!"

"दुनिया-संसार में कित्तने देस हैं, ज़रा बतावो तो..."

"कलकत्ता, भारत, इंडिया, आसाम और दुबई।"

"सउदी का नाम नाहीं लिया? असलम भाई भी तो सउदी गए हैं!"

"सउदी तो अल्लाह-रसूल का घर है। सउदी का देस नाहीं है?"

"ओ-हाँ यह भी तो बात है..."

दो दिनों बाद, दुबई जाने की भी मेरी इच्छा मर गयी। भर दुपहरिया, मैं गिलहरी को अमरूद खिलाती रही।

सुबल मेरे पास आ खड़ा हुआ! उसके हाथ में एक टोकरी!

"अनारस का व्यवसाय शुरू कर दिया है।"

"या लकड़ियाँ ही बीनेगा-बटोरेगा?"

"ना!"

"जंगल में क्यों नहीं आता?"

"शहर चला जाऊँगा।"

"दुबई शहर?"

"ह—"

"जा! मैं नहीं जाऊँगी।"

सुबल अचकचाकर बिल्कुल बैठ ही गया।

"तू नहीं जाएगी?"

"न्ना! दुबई मुझे नहीं सुहाता! यह वन-जंगल ही सुहाता है। गिलहरी ही मुझे प्रिय है।"

"ओ ऽ ऽ ऽ ऽ!"

सुबल चला गया। मैंने गिलहरी आज़ाद कर दी और आसमान की तरफ नज़रें टिकाए, लेटी रही। चारों तरफ देखते हुए आँखें चौंधियाने लगीं। मैंने आँखें मूँद लीं। दोपहर की तीखी धूप में भी मुझे नींद आने लगी। उस वक्त अचानक फिर मुझे वह खुशबू महसूस हुई। वनफूल की गंध! मैं फिर उसके पीछे-पीछे दौड़ पड़ी। खुशबू के पीछे-पीछे! मैं जो नितांत अकेली इनसान हूँ; वन-वन में घूमती हूँ; पेड़-पत्ते, पशु-पंछी मेरे बंधु हैं; सुबल भी इनसान है! सुबल भी मेरा दोस्त है! अम्मी भी! वही मैं, अब किसी की भी नहीं रही! बिल्कुल अकेली हो आयी। निचाट अकेली! जब-जब मैं अकेली हो जाती हूँ, मैंने गौर किया है, उस वक्त मेरा डाकू बनने का मन नहीं होता; दुबई जाने की भी चाह नहीं होती। मैं जान-बूझकर लेटी-लेटी, सिर्फ वनफूल की खुशबू लेती रही, जी भरकर, साँस-साँस में भरकर, मैं वनफूल की खुशबू में डूब गयी।

उम्र का सवाल

मैंने अम्मी से बहुत बार पूछा, ''अम्मी मेरी उम्र क्या है?''

''और कितना? यही कोई दस बरस!''

''दस? दो साल पहले भी तुमने दस ही बताया था—''

''हमका उमिर का हिसाब का पता? फसाद के बरिस में तूने चलना सीखा।''

''समझ गयी। तब तो मेरी उम्र हुई चौदह और एक वर्ष! यानी पंद्रह!''

''तू पाठशाला तो गयी नाहीं, यह हिसाब-किताब कहाँ सीखा?''

''फातिमा के यहाँ! तेंतुल के बीज के जरिए, गिनती सीख गयी।''

''ओ ऽ ऽ ऽ!''

हाँ, कभी-कभी मैं फातिमा के घर चली जाती हूँ। वे लोग मुझे काफी कुछ खाने को देते हैं, लेकिन मैं क़बूल नहीं करती। असल में, मैं वहाँ खेलने जाती हूँ। तेंतुल के बीज का खेल! सोलह गुट्टी खेल! अम्मी मेरी उम्र नहीं जानती थी, मैंने खुद ही खोज निकाला! जब मैं पंद्रह साल की हुई, तो मैंने महसूस किया कि मैं बेहद अकेली होती जा रही हूँ, नए-नए दोस्त भी जुट रहे हैं। निज़ामुद्दीन, रईस, अक्कास, मनीरुद्दी, अब्दुल—ये सब मेरे दोस्त बन गए थे। ये लोग दोनों वक्त, मेरे घर आकर मेरी ख़ैर-ख़बर ले जाते हैं। मैं कैसी हूँ। तबीयत वगैरह ठीक है या नहीं, मुझे किसी चीज़ की ज़रूरत तो नहीं है। चूड़ी, रिबन, साड़ी-कपड़े—मुझे जिस चीज़ का भी शौक हो, उन्हें देने में कोई एतराज नहीं होगा। उन सबका कहना था कि चूँकि मैं उसी गाँव की लड़की हूँ, इसलिए मेरी खोज-खबर लेना, उनका फर्ज़ बनता है। मैं भी हँसकर सबको मना कर देती हूँ—ना, मुझे तेल-साबुन की जरूरत नहीं है। पुस्किनी में दो घंटे डुबकी लगाते हुए, देह की मैल अपने-आप धुल जाती है।

बाल में रीठा रगड़ लेने से ही काम चल जाता है, तेल वगैरह की जरूरत नहीं पड़ती।

वे लोग अलग-अलग, अकेले ही आते थे–

"तुम्हें नहीं चाहिए, मुझे पता है। फिर भी..."

"कहा न, मुझे नहीं लेना, तो नहीं लेना–"

मुझे नाराज़ होते देखकर, वे लोग भी भड़क जाते थे।

"तू नहीं लेगी? किस देश की राजरानी है, री, तू? फकीर की नौकरानी!"

"फकीर की नौकरानी हो, तो वह किसी से, कुछ भी ले लेती है?"

"हाँ, लेती ही है! तुझे किस बात का इतना गुमान है?"

"पता नहीं–"

मैंने अम्मी से ही पूछा, "अम्मी, ये लोग मुझे तेल-साबुन देने को उतावले क्यों हैं?"

"तू अब सयानी जो हुई! जवान हो गयी है न! जवान लड़की को ये लोग इसी तरह देने को उमड़े पड़ते हैं।"

"तुम्हें भी देने को उतावले रहते थे?"

"खू–ब!"

"तुमने लिया था?"

अम्मी ख़ामोश हो गयी। काश, अम्मी यह कहतीं कि–"मैं भला क्यों लेती? तेल-साबुन बिना इनसान का क्या काम नहीं चलता?"–मैं शायद चैन महसूस करती। अम्मी ज़रूर लेती रही होगी। अम्मी को भी तेल-साबुन, रिबन का लोभ था। मैंने महसूस किया, मेरे बदन के कपड़े, अब फटते जा रहे हैं। पहले काँख से ही फटा था। अम्मी ने सिलाई कर दिया। दुबारा चर्रा गया।

मैंने अम्मी से कहा, "क्यों? कपड़े फट रहे हैं, कुछ ख़्याल है?"

अम्मी फिर चुप हो रही।

थोड़ा ठहरकर उन्होंने कहा, "फातिमा से पुराने कपड़े वगैरह माँग ले।"

"माँगना मुझे अच्छा नहीं लगता।"

"तो फिर, जहन्नुम में जा–"

अम्मी की ऐसी गुस्साई मुद्रा मैंने पहले कभी नहीं देखी थी। मेरा मन खिन्न हो आया। बेचारी! नए कपड़े वह भी कहाँ से ख़रीदे? किसी घर में वह छुट्टे पर काम करती है। वे लोग बीस रुपये दे देते हैं। बीस रुपयों में क्या महीना भर चलता है? चलो, मान लिया कि दिन में सिर्फ एक ही वक्त हम खाना खाते हैं फिर भी ...एक वक्त खाने पर भी क्या कम ख़र्च आता है? रात-विरात मेरी नींद टूट जाती है। मुझे लगता है, जाने कौन लोग तो मुझे तेल-साबुन थमा रहे हैं; कौन लोग तो मुझे अपनी तरफ खींचकर, दबोच रहे हैं; खींचते-खींचते मुझे जाने किस ओर तो ले जा रहे हैं! किसी ऐसी जगह, जो मैं नहीं पहचानती। मारे दहशत के मैं अम्मी से कसकर लिपट जाती।

अम्मी पूछती, ''क्या, री, डर लग रहा है?''

मैं कोई जवाब नहीं देती थी, बस, खामोश रहती थी!

अम्मी ने स्वगत ही कहा, ''डर मत! गरीब-गुरबा का डराने से काम नाहीं चलता।''

''तो क्या हर अमीर से डरना चाहिए?''

''ह!''

अम्मी इतने सख्त लहजे में 'ह' कहती थीं कि मेरी ख़ामोशी और गहरी हो आती थी। ''गरीब गुरबा को डर-डरकर नहीं रहना चाहिए—'' यह बात मेरे भी दिल में गुँथ गयी। रात के सन्नाटे में अम्मी की इस गुस्से भरी सलाह ने मुझे साहसी बना दिया।

जंगल में ईंटें तोड़ने का काम चल रहा था। फैजुद्दीन चाचा, अमीनुल्लाह और नबी को मिला था। मैं खड़ी-खड़ी उन लोगों को ईंटें तोड़ते हुए देखती रहती थी।

एक दिन फैजुद्दीन चाचा को जाड़ा देकर बुखार चढ़ गया।

चाचा एक पेड़ तले लेटे-लेटे थर-थर काँपने लगे। बस, मुझे मौका मिल गया। मैंने झटपट हथौड़ी उठा ली और मज़े से ईंटें तोड़ने के काम में जुट गयी।

लोग-बाग चीख उठे, ''हथौड़ी रख! रख दे हथौड़ी! चल, छोड़...उँगलियाँ छिल जाएँगी।''

''छिल जाने दो।''

मैं सुर-ताल में ईंटें तोड़ने लगी। मन ही मन मुझे कितनी खुशी हो रही थी! जो काम मर्द करते हैं, वह मैं इतनी आसानी से कर डालूँगी, पहले कभी यह सोचा भी नहीं था। शाम तक मैं ईंटें तोड़ती रही।

अमीनुल्लाह और नबी ने हँसी-हँसी में मेरा मज़ाक भी उड़ाया।

''लो, हो गया! अब से मरदमार अउरतें, बाहर-बाहर काम करेंगी और हम मरद, घर में बैठे लेह-लामड़ पालेंगे। क्या ख़याल है तेरा?''

''ह! यही तो होनेवाला है।''

पचाससाला फैजुद्दीन को तो यह होश ही नहीं था कि किसने उनकी हथोड़ी उठा ली; कौन उनकी छतरी-तले बैठकर ईंटें तोड़ रहा है।

अमीनुल्लाह तिरछी निगाहों से मुझे देखता रहा। उसे अंदाजा हो गया कि मैं ईंटें अच्छी तरह ही तोड़ रही हूँ। फैजुद्दीन चाचा तक भी यह ख़बर पहुँच गयी कि मैं उनकी ईंटें तोड़ रही हूँ।

एक दिन जंगल-कर्मचारियों ने मुझे पकड़ ही लिया।

''कौन है, रे, तू?''

"फैजुद्दीन चाचा..." मैंने बमुश्किल जवाब देने की कोशिश की।

"तू यह काम कर सकती है?"

"हाँ–" मैंने सिर हिलाया।

उन लोगों ने जोर का ठहाका लगाया। दिन ढलते ही, मेरी मेहनत के रुपये, फैजुद्दीन के हाथ में चले गए।

मैं खाली हाथ घर लौट आयी।

भोर फूटते ही, मैं दुबारा उसी काम के लिए दौड़ पड़ी। मुझ पर काम का नशा सवार हो गया था।

अम्मी ने कहा, "अब तू जवान भई। यह जंगल-जंगल घूमना, अब छोड़ दे!"

"जंगल में ही तो मुझे काम मिला है। कल से मैं भी बीस रुपये कमा रही हूँ। बड़े साहब को मेरा काम पसंद आ गया है।"

दिन में बीस रुपये का काम? मेरी अम्मी खुशी से नाच उठी। बहरहाल, बीस रुपये का काम मिला है, यह बात मैं सिर्फ जुबान से ही कहती थी, मेरे हाथ कुछ भी नहीं आता था। हाँ, मुझे एक हथौड़ी जरूर मिल गयी थी।

पंद्रह दिन बाद, मैं फैजुद्दीन चाचा के यहाँ रुपयों के लिए जा पहुँची। उन्होंने मेरे हाथ में पाँच रुपल्ली का एक नोट थमा दिया।

"अरे, लड़की होकर, तू मर्दों के काम में लगी है, तेरे लिए इतना ही काफी है। तू रुपये-पैसे क्यों माँगती है?"

बहरहाल, पाँच रुपये रोज़ के हिसाब से मैं फैजुद्दीन का काम करने लगी। इसी तरह, पूरा एक महीना गुज़र गया।

एक दिन, दिन भर का काम ख़त्म करने के बाद, मैंने हिम्मत बटोरकर अफसर से पूछ ही लिया, "यह काम क्या मुझे नहीं मिल सकता?"

अफसर जुलूजुल निगाहों से मेरी तरफ देखता रहा! अगले ही पल उसने ज़ोर का ठहाका लगाया। मैं अचंभे से मुँह बाये उनकी हँसी को निहारती रही। अगले दिन जब मैं काम पर पहुँची, फैजुद्दीन भी हाजिर था। पेड़-तले जैसे मैं दोनों टाँगें पसारे बैठा करती थी, उसी तरह बैठी रही।

फैजुद्दीन ने मुझसे एक बार भी नहीं कहा, "काम में लग जा। पाँच टके ही सही, कुछ तो मिलेगा।"

समूची घटना कुछ यूँ लग रही थी, मानो एक अदद लड़की शौकिया ही अच्छा-भला तो काम कर रही थी। इसके हाथ में दो-चार बताशे थमा दें, बस! लेकिन मैं क्या बताशे खाने आयी थी? मैं सचमुच काम करना चाहती हूँ, यह बात किसी ने नहीं समझी या समझकर भी नासमझ बने रहे कि औरत जात ठहरी, कामकाज क्या करेगी! मैं टाँगें फैलाये, जैसे पहले बैठा करती थी, उसी मुद्रा में बैठी रही, अब तो न सुबल था, न गिलहरी! मुझे बेहद अकेलापन लगता था।

अब मैं घर में बेकार बैठी थी। ईंटें तोड़ते-तोड़ते मेरी उँगलियाँ, ईंट जैसी सख़्त

हो आयी थीं। सख़्त उँगलियाँ देखकर, मुझे खुशी हुई। काश, मेरे हाथ-पैर भी इसी तरह सख़्त होते, तो मैं भारी-भरकम, सख़्त काम भी कर पाती। अपनी इस नाजुक देह के प्रति मुझे दया भी आती थी और गुस्सा भी! देह का अंग-प्रत्यंग सख़्त होता, तो मैं अनारस के खेतों में ही काम कर लेती। मैं बुझे-बुझे मन से दरवाजे पर ही बैठी रहती।

एक दिन मेरे घर के सामने से ही ज़मीन का मुंशी गुज़र रहा था। अम्मी को देखकर वह ठिठक गया।

"तोरी छोकरिया की उम्र कितनी है?" उसने पूछा।

"हम ठहरीं मूरख-अनपढ़ अउरत! उमिर हम का बतावें?" अम्मी ने नल के सामने खड़े-खड़े जवाब दिया।

"ओका सादी-बियाह नाहीं करोगी?"

"काई-लगी पोखर! ओका बियाह?"

"काई-लगी पोखर है या नहीं, एक बार लोग-बाग ठोंक-बजाकर देखें तो सही।"

"आप भी न...का बात करत हैं? न खाने का ठिकाना, न पहनने का! बियाह के बारे में कउन सोचत है?"

"बियाह कर दोगी, तो खाना-कपड़ा भी जुटने लगेगा।"

ज़मीन-मुंशी अपने बायें हाथ से अपना तल-पेट खुजलाता रहा। आँगन में लौकी की लतर के पास खड़ी-खड़ी, मैं वह नज़ारा देखती रही। अम्मी काफी सिमटी-सिकुड़ी-सी खड़ी थी। मुझे समझ में नहीं आ रहा था कि अम्मी मेरा विवाह नहीं कर पा रही है, इस बात को लेकर, वह यूँ गुनहगार मुद्रा में क्यों खड़ी है। जब मेरे घर में खाना नहीं होता, हम माँ-बेटी मिलकर, दिन-रात आसमान निहारती रहती थीं। आसमान में भेड़ के घने-घने रोम जैसे घने बादल तैरते हुए देखकर, मेरा शिद्दत से मन होता था कि मैं भी बादल बन जाऊँ। खाने की भूख के मारे पेट में चूहे कूदने लगते थे। उस वक्त तो यह ज़मीन-मुंशी कभी खोज-ख़बर लेने नहीं आता कि हमने खाना क्यों नहीं खाया। हमारे यहाँ चूल्हा क्यों नहीं जल रहा है?

शादी-ब्याह के मामले में उस वक्त भी मुझे ख़ास समझ नहीं थी। मैंने अम्मी से ही सवाल किया, "अम्मी ओ अम्मी, इनसान शादी क्यों करता है?"

"बच्चा-कच्चा होवे के लिए..!"

"अगर बच्चा-कच्चा न हुआ, तो...?"

"दामाद, बीवी को खदेड़कर, आन शादी कर लेगा।"

"मुझे भी खदेड़ देगा, मेरा पति?"

"खदेड़ नाहीं देगा तो और क्या? अगर बंस ना बढ़ाया, तो वह का तुझे बिठालकर खिवाएगा?"

"ओऽ, यह बात है।"

ये बातें कुछ तो मैं समझती थी, कुछ बिना समझे ही ख़ामोश रह जाती थी।

मेरी जानने की प्यास दिनों-दिन बढ़ती गयी। विवाह क्या सिर्फ इसी वजह से करते हैं? मुझे लगता था, इसकी कोई और वजह भी जरूर है।

एक रात, झींगुरों के शोर में, अम्मी ने मुझे जगाकर कहा, "सुन, बियाह बहुत अच्छी चीज होत है। लेकिन, कुछ-कुछ बुरा भी होत है! मान ले, तोर बियाह हुआ। तू ज़्यादा चिल्ला-चिल्लाकर बात न कर सके, इसलिए तोरा बियाह कर दिया।"

अरे, कमाल है! मेरे चिल्लाकर बातें करने से, किसको, क्या परेशानी है? मरद मानस क्या नहीं चीखते-चिल्लाते? वे लोग क्या मिनमिनाकर बातें करते हैं?

मैंने होठ बिचकाकर कहा, "हुँः मैं जैसे चिल्ला-चिल्लाकर बातें करती हूँ, उसी तरह चिल्लाऊँगी!"

"इसके अलावा, दामाद की खिदमत! सबाब कमाने के लिए पति का सेवा-जतन करना पड़ता है।"

'सेवा-जतन क्यों? दामाद लोग क्या बीमार रहते हैं? हमेशा बिस्तर पर ही पड़े रहते हैं?"

"ना-ना! ऐसी बात नहीं है। मरद होते हैं, जमींदार की जात! जमींदार क्या अपना काम, खुद करत हैं? उनका कामकाज कोई और कर देता है। असल बात यह है कि अउरत बांदीगीरी करने को ही जनम लेत है और बांदीगीरी करते-करते ही, अउरत मर जात है।"

मुझे विवाह करने की कतई चाह नहीं थी। बल्कि आस्मां लोगों की तरह पढ़ने-लिखने का मन होता है। वे लोग जैसे गा-गाकर पढ़ती हैं–अ! आ ऽ! मेरा मन होता है, मैं भी उनके सुर में सुर मिलाऊँ! काश, मुझे भी पढ़ाई का मौका मिलता।

एक दिन, मैंने अम्मी से पूछा भी था, "ओ, अम्मी, लिखाई-पढ़ाई क्या सिर्फ अमीर लोग ही करते हैं?"

"ह–"

"तो हम क्यों अमीर नहीं हुए?"

"अल्लाह ने नहीं किया–"

"यह अल्लाह भी बड़ा पक्षपाती है, अम्मी! कानी आँख से देखता है। जो लोग बड़े आदमी हैं, दौलतमंद हैं, सिर्फ उन्हीं को खिलाता-पढ़ाता-पहनाता है।"

अम्मी की भौंहें सिकुड़ आयीं, जबड़े सख्त हो उठे। पता नहीं, ईर्ष्या से या दर्द से समझ में नहीं आया।

बेहद दुखद है, इनसान होना

सबसे पहले जमीन-मुंशी ने ही, मेरा मुँह बाँधकर, यह कुकर्म किया।

उस दिन मुझे बुखार चढ़ा था। मैं लेटी हुई थी! अम्मी चावल उधार माँगने, फिरोज़ा के घर गयी थी। ऐसे में मुंशी अम्मी को खोजता हुआ आ पहुँचा और उसने देखा कि मैं लेटी हुई हूँ। उसने मेरे माथे पर हाथ रखकर, मेरा बुखार देखा। हाय-हाय करते हुए, उसके हाथ मेरे उभारों पर उतर आये! उभरों से फिसलकर पेट पर! मैंने अपनी भरपूर ताकत से उसका हाथ हटा देने की कोशिश की। लेकिन, नाकाम रही! जमीन-मुंशी मेरे तन-बदन पर चढ़ बैठा। मारे दहशत के मेरा सिर चकराने लगा; उल्टी आने लगी।

अम्मी जब लौटी, तो ज़मीन-मुंशी वहाँ नहीं था। तब तक वह भाग गया था! मैं सारी रात अम्मी से उस मरदूद की करतूत बयान करती रही।

लगभग भोर-रात अम्मी ने कहा, ''अंगूरी! ओ अंगूरी, मोरा जी बड़ा घबड़ाय रहा है।''

सूजी खाकर मेरा बुखार उतर गया।

अम्मी ने कहा, ''सुन, अब बाहर मत जाया कर। घर में बैठी रह। ई दुनिया का कउनो दिन ख़त्म ना होगी?''

इस दुनिया का अंत देखने के लिए, मैं और अम्मी दिन-रात दरवाजे पर बैठे रहते। हमें भूख लग आती थी, मगर अम्मी खाना नहीं पकाती थी। हम दोनों मुँह बाये आसमान की तरफ टकटकी बाँधे देखते रहते थे, कब आसमान से बारिश की तरह दाल-चावल बरसेगा। चावल-दाल कभी नहीं बरसा। भूख से पेट जलता रहता था।

अम्मी कहा करती थी, ''ज़मीन-मुंशी तो तोरे बाप जइसा था। ऊ मरदूद तो साइत हमरा भी बाप लगता।''

आसमान में, भेड़ों के बदन पर घनी रोमावलि जैसे बादलों की मोटी-मोटी पर्तें देखकर, मेरा बेहद मन होता था कि मैं भी भेड़ बन जाऊँ। भेड़ों के मन में क्या कोई दुःख होता है? पता नहीं! मुझे बार-बार यही लगता है कि इनसान होना बेहद दुखद होता है।

अभी भी मुझे यही लगता है कि इनसान होना वाकई बेहद तकलीफदेह होता है! बेहद दुखद!

अचानक एक रात चोरी करके, काँख में पोटली दबाये, वह जो रसूलपुर से ढाका चली आयी, उसके बाद रसूलपुर कभी नहीं लौटी। कभी-कभी अम्मी, सुबल जरूर याद आते हैं। सुबल डाकू बन गया या धाकड़ कारोबारी, पता नहीं! छुटपन में इनसानों को देख-देखकर, कितना कुछ बनने के सपने देखती थी। लेकिन, वह सब मन की चाह-साध नहीं थी। असल में, मेरा मन होता था, मैं घासफूल बन जाऊँ।

आज भी, जब मैं रमना में, पैदल-पैदल चलती जाती हूँ, मेरे मन में चाव जागता है, काश, मैं घास में रुलमिल जाती, तो ये मर्द मुझे यूँ न घेरे रहते।

अब तो मुझे यह भी याद नहीं रहा कि कब, कैसे, क्यों मैं रमना आ पहुँची। जाने कब से, मैं सोडियम रोशनी तले चलती जा रही हूँ। कभी-कभी मेरी साँस घुटने लगती है! मुझे ख़्याल आता है, आखिर मैं जिंदा क्यों हूँ? क्या हर दिन सिर्फ दो जून खाना खाने के लिए? मेरे मन में तीखी चाह जागती है, मैं रसूलपुर लौट जाऊँ। वहाँ गजारी पेड़ तले दीमकों का छत्ता है। उस पर सिर रखकर लेटी रहूँ। लेकिन कमबख़्त ये तमाम दिन, मुझे आगे और आगे ही धकेलते जा रहे हैं। जितना ही मैं आगे बढ़ती जा रही हूँ, पीछे एक मज़बूत सख़्त दीवार खड़ी होती जा रही है।

कल सितारा खाला ने पूछा, ''गारमेंट में काम करेगी, अंगूरी?''

''गारमेंट? तुम्हारा मतलब है, कपड़ा?''

''ह! दस से पाँच की नौकरी! तन्खाह भी मिलेगी।''

''तन्खाह? माने रुपये?''

''ह! रुपये!''

''भई, हम ठहरीं औरत की जात! औरत को साथ सोने के अलावा और किसी काम में क्या रुपये मिलते हैं?''

सितारा खाला लहरा-लहराकर हँसती रहीं।

''नौकरी करनी हो, तो कल मेरे पास चली आना।''

रमना में पैदल-पैदल चलते हुए, मैंने मन ही मन तय कर लिया। कल मैं सितारा खाला के साथ गारमेंट में काम करने जाऊँगी। कल सुबह-सुबह मैं देर-देर तक नहाऊँगी। मेरी देह में जितनी भी धूल-मैल लगी है, वह सब मुझे झाँवा से घिस-घिसकर साफ करना होगा। झाँवा? अचानक मुझे अम्मी याद आ गयीं। अम्मी ही मेरा बदन रगड़-रगड़कर मुझे नहलाती थीं।

झाँवे से रगड़-रगड़कर मैल छुड़ाते हुए, अम्मी पूछा करती थीं, ''जंगल के भूत-पिशाच क्या तेरी देह पर हगते-मूतते भी हैं?''

अम्मी क्या जानती हैं कि शहर के ये मर्द हर रात मेरी देह पर हग जाते हैं? रमना के किसी अकेले झाउ-पेड़ तले, चेहरा गड़ाकर, अम्मी के लिए, मेरा खूब-खूब रोने का मन होता है! अम्मी के लिए!

कौन है, जो मुझे घर से निकाले?

यह मुझे क्या हो जाता है, मेरी समझ में नहीं आता। लोग कहते हैं कि मैं ज़रूर पागल हूँ। पागल न होती, तो यूँ अचानक घर से निकल क्यों पड़ती हूँ? घर से बाहर निकलकर, मैं चलती रहती हूँ। ख़ामखाह चलती जाती हूँ। यूँ ही चलते चले जाने को, मेरा बेहद मन करता है।

करीब तीन साल पहले, मेरी शादी हुई। मेरे पापा ने काफी देखभालकर लड़का चुना और मुझे ब्याह दिया। लड़के के पास काफी धन-दौलत, रुपये-पैसे भी हैं। मेरे दूल्हे के पास गाड़ी भी है—टॅयोटा स्प्रिंटर एट्टी एट मॉडल! गाड़ी का रंग भी काफी खूबसूरत है—मेटलिक ग्रे!

मेरे पति ने मुझसे कह रखा है, ''बाहर निकलो, तो गाड़ी लेकर निकला करो।''

लेकिन मैं गाड़ी नहीं लेती। चूँकि मुझे मालूम है कि पैदल चलने का आनंद बहुत ज़्यादा होता है, इसलिए मैं गाड़ी नहीं लेती।

इस बात पर मेरे पति का चेहरा अक्सर फूला रहता है!

''भई, मैं तुम्हें बाहर जाने से तो नहीं रोकता, लेकिन गाड़ी से जाया करो—''

एक दिन मैंने कह डाला, ''पैदल-पैदल चलना, काफी भला लगता है—''

''तुम भी क्या बात करती हो? गाड़ी बिना कैसे चलेगा? लोग क्या कहेंगे?''

''लोग भला कुछ क्यों कहने लगे! मुझे गाड़ी से ही आना-जाना होगा, लोगों से मैंने ऐसा कोई वादा तो नहीं किया है।''

''तुमने न किया हो, मैंने तो किया है।''

''तुम? मेरी तरफ से तुम क्यों वादा करोगे?''

''अरे, वाह! तुम मेरी बीवी जो हो।''

''अच्छा? बीवी होने का क्या यह मतलब है कि पति जो कहे, उसे वही करना पड़ता है?''

''तुम भी अजीब बात करती हो। भई, स्टेटस भी तो कोई चीज है। हमें स्टेटस

तो मेंटेन करना है या नहीं?"

"यह तो तुम्हारा स्टेटस है।"

"मेरा स्टेटस क्या अब तुम्हारा स्टेटस नहीं है?"

"नहीं, ऐसा क्यों होने लगा? हमारे पास तो किसी ज़माने में भी इतना रुपया-पैसा, इतनी दौलत नहीं थी। हमारे से मेरा मतलब है, मेरे अब्बू, चाचू, भइया के पास।"

"तुम लोगों के पास दौलत कैसे होती? तुम्हारे अब्बू मामूली नौकरिया थे और मेरे डैडी बहुत बड़े बिज़नेसमैन थे। वैसे बहुतेरे लोगों ने कहा कि इतने दौलतमंद घराने का लड़का होकर, तुम इतने नीचे क्यों उतरे? मैंने सबको यही जवाब दिया कि वह लड़की मुझे भा गई है।"

"अच्छा, एक बात तो बताओ, दरअसल मैं ही तुम्हें इतनी क्यों भा गई?"

"अरे वाह! तुम सूरत-शक्ल से इस कदर हसीन और खूबसूरत हो। तुम्हारे होंठ, आँखें, बाल..."

"और?"

"और भी एक चीज़ मुझे बेहद पसंद आई–"

"क्या, बताओ न!"

"तुमने उस दिन अपने हाथों से खाना पकाया था न? खाना बे–हद लज़ीज था। बिल्कुल मेरी मम्मी के बनाये हुए खाने की तरह!"

"और?"

"और...और...."

"क्यों? और कोई खूबी नहीं खोज पा रहे हो?"

तोफज्जल हँस पड़ा। उसके साथ मैं भी! सच ही, इसके आगे, वह और कोई खूबी ढूँढ़ने में फेल हो गया था। किसी औरत की तारीफ में, उसके रूप और उसकी पाक-कला के जिक्र के अलावा और क्या कहा जा सकता है? मेरी पाक-कला में उसने अपनी मम्मी को ढूँढ़ लिया है! वैसे अगर मैं उसके किसी रवैये में अपने अब्बू को खोजने लगूँ, तो क्या वे मिलेंगे? हाँ, मिलेंगे, जरूर मिलेंगे!

अब्बू ने हिदायत दी थी, "रात को हरगिज बाहर न निकलना! लक्ष्मी-बहू बनकर रहना। इस ढंग से रहना कि लोग तुझे भली कहें, तेरी तारीफ करें।"

तोफज्जल भी आगाह करता है, "अकेली, कभी बाहर न निकलना! सिर्फ मेरे अलावा! कोई बेहद ज़रूरी काम हो, तो मुहित को लेकर जाना।"

मुहित! उसका छोटा भाई! उम्र बारह वर्ष!

"मुहित को लेकर क्यों जाऊँ? अकेले-अकेले, क्या मैं रास्ता नहीं पहचानती?"

"नहीं, रास्ता तो शायद पहचानती हो। लेकिन लोग बातें बनाएँगे कि इस घर की बहू, अकेले ही आती-जाती है।"

"लोग क्यों बातें बनाने लगे? बहू-बीवियाँ क्या अकेली बाहर नहीं निकल सकतीं?"

"शरीफ बहुएँ अकेली नहीं निकलतीं। पति या सास के साथ बाहर जाती हैं।"

"अगर मैं अकेली बाहर जाऊँ, तो लोग मुझे बुरी बहू कहेंगे?"

तोफज्जल खामोश हो गया। उसके माथे पर विरक्ति की सलवटें उभर आईं। उसे समझ में नहीं आता कि एक औरत को...इक्कीस साला जवान औरत को, बाहर ऐसा क्या काम हो सकता है? जिन दिनों मेरा विवाह होनेवाला था, मैं ऑनर्स पढ़ रही थी। ससुराल की तरफ से कहा गया—"काफी पढ़-लिख लिया। हमारा इतने में ही चल जाएगा।"

चूँकि उन लोगों का इतने में ही चल जाता, इसलिए मेरे अब्बू ने भी कोई एतराज नहीं किया।

अब्बू ने कहा, "अब यह लड़की आप लोगों की हुई। आप लोग इसे अपने मन-मुताबिक रच-गढ़ लीजिएगा।"

हाँ, वे लोग अपने मन-मुताबिक मुझे फिर से रचना-गढ़ना चाहते थे। वैसे मुझे अपने मुताबिक रच-गढ़ भी लिया था।

अचानक मैंने ही ऐलान किया, "मुझे बाहर जाना है।"

"बाहर?"—मेरे पति और सास-ससुर एकदम से आतंकित हो उठे।

लेकिन बाहर जाने का मेरा शौक ख़त्म नहीं हुआ।

"हाँ, मैं इधर-उधर ज़रा चहलक़दमी करूँगी।"

"ठीक है, तोफज्जल के साथ चहलक़दमी करना।"

"नहीं मैं अकेली जाऊँगी।"

"अकेली टहलोगी? पागल हो गई हो?" तोफज्जल ने हल्की-सी डाँट पिलाई।

"हाँ, पागल हो गई हूँ।"

"फिजूल की बकवास! इसे तो हिमायतपुर भेज देना चाहिए। घर की बहू को अचानक शौक चर्राया है कि वह अकेली ही बाहर टहलने जाएगी पता नहीं, कौन तो ये सब कुबुद्धि देता है।"

नहीं, किसी और ने मुझे यह कुबुद्धि नहीं दी। यह ख़्याल मुझे खुद आया है। असल में मुहित, इतनी-सी उम्र में, कितने आराम से घूमता-फिरता है! मेरा भी दिल चाहता है।

"मुहित तो मर्द है। वह तो घूमेगा ही! उससे अपना मुक़ाबला, क्या तुम्हें शोभा देता है।"

कई-कई रात तोफज्जल मुझे समझाता रहा।

"क्यों? शोभा क्यों नहीं देता? वह कुल बारह साल का है, लेकिन वह अपनी मर्जी का करता फिरे और मैं इक्कीस साल की होकर भी, अपने मन की करने को आज़ाद नहीं हूँ? क्यों?"

तोफज्जल ने ज़ोर का ठहाका लगाते हुए, मुझे अपने करीब खींच लिया, "बुद्धू लड़की, मुहित तो मर्द है।"

"तो क्या हुआ? मैं भी तो औरत हूँ।"

"लगता है, अपने औरत होने पर तुम्हें काफी गरूर है?"

"अरे वाह! होगा नहीं? मुझे तो बेहद अच्छा लगता है..."

"क्या अच्छा लगता है? औरत होना?"

"हाँ, औरत की देह मुझे बला की खूबसूरत लगती है। इसके अलावा, औरतों में काफी क्षमता होती है।"

"कैसी क्षमता?" तोफज्जल ने हँसकर पूछा।

"बच्चा पैदा करने की–"

तोफज्जल दुबारा हँस पड़ा। उसकी हँसी का लहजा ऐसा था, मानो वह किसी नासमझ-नादान बच्ची से बात कर रहा हो।

"औरतें क्या अकेले-अकेले बच्चे पैदा कर सकती हैं?"

"अब चाहे जिस भी तरीके से हो, बच्चे तो पैदा करती हैं। यह क्या कम बड़ी ताकत है? सच तो यह है कि औरतें बेहद ताकतवर होती हैं।"

इस बार, तोफज्जल ने हँसते हुए, मेरी ठुड्डी हिलाकर कहा, "बुद्धू कहीं की! इस वक्त अगर मैं तुम्हारे शरीर के साथ कुछ न करूँ! देह-संगम न करूँ, तो तुम्हारी कोख में बच्चा आ सकता है? मेरे अलावा, तुम्हारे पास है कोई ऐसी ताकत कि तुम बच्चा पैदा करो? ज़रा मेरे इस सवाल का तो जवाब दो।"

असल में, मुझे लगता है कि मैं शायद सच ही थोड़ी बुद्धू किस्म की हूँ।

मेरे विवाह से पहले मेरे अब्बू ने राय दी थी, "बेटी को जल्द से जल्द ब्याह देना ही बेहतर है। बिल्कुल पागल जैसा आचरण करती है। कहीं ऐसा न हो कि बाद में ब्याह ही न हो। इससे तो बेहतर है, पहले ही इसकी शादी कर दूँ।"

मैं भड़क गई।

"मेरी शादी कर देना चाहते हो, कर दो। लेकिन, मुझे पागल क्यों कह रहे हो?"

उनका कहना था कि मैं हमेशा उदास बैठी रहती हूँ। कोई भी इनसान, यूँ अकेले-अकेले, इतना लंबा वक्त नहीं गुज़ार सकता। लेकिन मैं गुज़ारती हूँ। मेरी कोई सखी-सहेली नहीं है। अपनी क्लास की लड़कियों से मैं ख़ास मेल-जोल नहीं रखती। रात-रात भर छत पर बैठी, तारे गिनती रहती हूँ। अकेले-अकेले बाहर निकल पड़ती हूँ। मेरी शादी कर दी जाए, तो मैं सुधर जाऊँगी।

एक दिन मैं रात दस बजे घर लौटी। घर के सभी लोग मुझ पर टूट पड़े।

"कहाँ थी अब तक?"

"यहीं, इसी शहर में—"

"शहर में, मतलब?"

"शहर को घूम-फिरकर देखा—"

मेरे यूँ अचानक-अचानक घर से बाहर निकल पड़ने के बारे में, लोगों ने यह मंतव्य दिया कि मुझ पर जिन सवार है। चूँकि मैं अकेले-अकेले बैठी रहती हूँ, इसलिए लोगों का ख़्याल है कि मेरा कोई निजी जिन है। मैं अपने उस जिन से बातें करती हूँ। लेकिन लोग-बाग़ इस बात पर भी अतिशय ताज्जुब में थे कि बिना कोई ख़ास पढ़ाई-लिखाई के, मेरा रिजल्ट ऐसा बेहतरीन क्यों होता है? बहुत से लोगों का कहना था, वह जिन ही मेरी तरफ से इम्तहान दे आता है, वर्ना जो लड़की यूँ इत्मीनान से घूमती-फिरती है; परीक्षा के दिनों में भी छत पर अकेली-अकेली लेटी रहती है, वह इतना अच्छा रिजल्ट कैसे कर सकती है? जिन की आशंका से भी आतंकित होकर, मेरा चट्‌ मँगनी, पट विवाह कर दिया गया।

मैंने तोफज्जल को पहले नहीं देखा था। विवाह के बारे में एतराज भी नहीं उठाया। वैसे देखने को था भी क्या? मर्द क्या एक-दूसरे से बहुत ज़्यादा अलग होते हैं? विवाह हो जाने के बाद, मेरे मन में फिर उसी चाह ने सिर उठाया। बाहर निकलने की चाह! ससुरालवाले एकदम से हाहाकार कर उठे। जब भी मैं बाहर जाने को पैर बढ़ाती, तोफज्जल खुद मेरे साथ चलने को तैयार हो जाता है या मुहित को साथ कर देता है।

"न्ना! मैं किसी को भी अपने साथ नहीं ले जाऊँगी। मैं अकेली जाऊँगी।"

विवाह के दो महीने बाद, ससुरालवालों ने घोषित कर दिया कि मैं पागल हूँ। मैंने कोई आपत्ति नहीं की। पागल होने में क्या नुकसान है? पागल होना तो बहुत अच्छी बात है। दुनिया में पागल होना, आसान बात नहीं है।

एक दिन काफी रात गए, तोफज्जल ने मुझे नींद से जगाकर पूछा, "तुम क्या हमेशा से ही यूँ कम बोलती हो? ब्याह के बाद, तुमने मुझसे बात करने में कितने लफ़्ज खर्च किए हैं, यह मैं उँगलियों पर गिनकर बता सकता हूँ।"

"तुम असल में क्या कहना चाहते हो? मुझे क्या कपड़े उतारने होंगे?"

"तुम तो सब समझती ही हो।"

तोफज्जल ने मेरे शरीर की पोर-पोर चूमते हुए पूछा, "अच्छा, तुम बाहर जाने को इतनी उतावली क्यों रहती हो? बाहर जाकर तुम क्या करती हो?"

"इनसानों को देखती हूँ—"

"सिर्फ इनसानों को? तुम्हारे मायकेवाले तो बता रहे थे कि तुम पेड़ों को भी टकटकी बाँधकर देखा करती हो; आकाश निहारती रहती हो; पेड़-पौधों के फूल-पत्ते

देखती रहती हो। लोग कहते हैं, तुम्हारे अंदर कोई कवि-ववि निवास करता है।''

''झूठ बात! मैं सिर्फ इनसान देखती हूँ।''

तोफज्जल हँस पड़ा।

''बुद्धू कहीं की!''

लेकिन यही सच है! मैं सचमुच इनसानों को ही देखती-परखती हूँ। उस दिन तोफज्जल ने जो यह कहा कि उसके बिना, मुझे बच्चा होना नामुमकिन है। यह सही नहीं है। दुनिया में इतने-इतने लोग हैं। जिस किसी को भी छूकर, मैं बच्चा पैदा कर सकती हूँ। तोफज्जल यह क्यों सोचता है कि उसके बिना मेरी कोख अचल है? सच यह है कि इनसान कभी भी अचल नहीं हो सकता; कभी अकेला नहीं हो सकता। दुनिया में इनसान से बढ़कर ताकतवर और कौन है? ख़ासकर औरत जैसी ताकतवर! एकमात्र औरत ही मानव-जन्म टिकाए रख सकती है। औरत अगर चाहे, तो मानव-जन्म निर्मूल कर सकती है।

सीधी-सादी मृत्यु

(क)

हम दो बहनें हैं। मैं काली हूँ, मेरी बड़ी बहन गोरी। लोगों का कहना है, मुझे अच्छा दूल्हा नहीं मिलेगा, मीतू को मिलेगा। इसलिए मीतू को ज़्यादा लिखाई-पढ़ाई करने की भी ज़रूरत नहीं है। माँ कहती है कि आइ ए पास करते ही, मीतू की शादी हो जाएगी। सुना है, उसके लिए अच्छे-अच्छे उम्मीदवार बाक़ायदा लाइन लगाएँगे। यह सब किस्से-कहानी सुनकर, मीतू खूब खुश होती है। मुझे यह सब सुन-सुनकर गुस्सा आता है। चूँकि वह गोरी-चिट्टी है, इसलिए घर में उसकी ज़्यादा खातिर होती है। मेरे मामा, काका मीतू को तरह-तरह के उपहार देते हैं, उसे घुमाने ले जाते हैं, मुझे सैकड़ों बहाने से छोड़ जाते हैं। कहीं बाहर जाने के लिए माँ मीतू को ही तैयार होने को कहती है। मुझे घर में रहने की हिदायत देती है! मैं सब समझती हूँ। चूँकि वह गोरी है, इसलिए उसकी इतनी खातिर होती है। माँ कहती है, मैं पैरों में कच्ची हल्दी लगाया करूँ। मुझे गोरी बनाने के लिए, उन्होंने फेयर ऐंड लवली क्रीम भी ख़रीद दी है। मैं बेहद अपमानित महसूस करती हूँ।

एक दिन मैंने उनसे कह ही डाला, "नीग्रो लड़कियाँ मुझसे भी ज़्यादा काली-कलूटी होती हैं। लेकिन, उन लोगों ने कितना नाम कमाया है, पता है? लोग उनके पीछे दिवाने हैं।"

माँ ने मेरी बात पर कान नहीं दिया।

वे खुद गोरी हैं, इसलिए काले रंग का गुणगान उन्हें ज़हर लगता है। मेरे अब्बू काले हैं। मैंने अब्बू की सूरत-शक्ल पाई है। लेकिन इससे भी क्या फ़र्क पड़ता है? वे भी मुझे ख़ास पसंद नहीं करते। मीतू के लिए अब उम्मीदवारों की भीड़ लगने लगी है। उन लोगों का ख़ानदान, तन्खाह वगैरह पर विचार करने में ही, अब्बू का वक़्त गुज़रता है। अब्बू ने इस ख़्याल से भी राहत की साँस ली है कि मीतू की

शादी में कोई दहेज नहीं देना पड़ेगा। लड़के वालों का अगर वश चलेगा, तो वे लोग शादी का सारा ख़र्चा-पानी देने को भी तैयार हो जाएँगे।

हल्दी के लेप से भी मेरा रंग ज़रा भी नहीं खुला। जैसी मैं पहले थी, वैसी ही हूँ। मुहल्ले के छोकरे मुझे 'कलुआ की माँ' कहकर छेड़ते हैं। मुझे हद् गुस्सा आता है। मैं हर इम्तहान में मीतू से बेहतर करती हूँ, वह तो परले दर्जे की जाहिल-गँवार है। एच एस सी के टेस्ट में उसे गणित में कुल साढ़े ग्यारह नंबर मिले हैं, फिर भी अब्बू ने उसे ख़ास नहीं डाँटा।

माँ ने कहा, "असल में गणित-टीचर ही बहोत बुरी है।"

(ख)

मीतू की शादी एक अमीरज़ादे से तय हो गई। लड़का अमेरिका में रहता है। विवाह करने के लिए देश लौटेगा। विवाह होते ही, वह बीवी को लेकर विदेश चला जाएगा। नाते-रिश्तेदारों ने अभी से मीतू को तेल देना शुरू कर दिया है कि विदेश जाकर, वह उन लोगों को भी विदेश बुला लेने का इंतज़ाम करे। मीतू सिर हिलाकर, सबको आश्वासन देती है। मैं मीतू से साल भर छोटी हूँ। लेकिन उम्र के लिहाज से, मैं उससे ज़्यादा उम्रदार लगती हूँ।

माँ मुझे तसल्ली देती है, "तू दुःखी मत हो! तेरा भी ब्याह हो जाएगा।"

(ग)

मीतू की शादी हो गई। विवाह के दिन वह जगमग-बुर्राक आईने की तरह चमक रही थी। विवाह के बाद, वह अमेरिका चली गई।

अमेरिका पहुँचकर, दो दिन बाद ही फोन! माँ-अब्बू के आगे रोना-धोना! लड़का अच्छा नहीं निकला! उसमें क्या बुराई है? लड़का पहले भी एक विवाह कर चुका है। फिलिपाइन की किसी लड़की से। उसकी बीवी भी मौजूद है। दो बच्चे भी हैं।

मीतू ने माँ-अब्बू से कहा, "मुझे यहाँ से ले जाओ। यहाँ इनसान जिंदा नहीं रह सकता। वह आदमी भी निरा जानवर है। वह इंजीनियर भी नहीं है, किसी रेस्तराँ में बर्तन मलता है।"

मीतू ने मुझसे भी कहा, "ऋतु, जिंदगी इतनी तकलीफदेह होती है, पहले कभी नहीं जाना था।"

माँ-अब्बू मीतू के लिए रात-रात भर अफसोस की लंबी-लंबी उसाँसें भरते रहते हैं। मैं भी!

(घ)

बीए का इम्तहान देने के बाद, मामा के ही किसी मित्र के साथ मेरी जान-पहचान हुई। वह शख़्स इंश्योरेंस का दलाल था! बिल्कुल दुबला-पतला, मरगिल्ला! आँखें मानों बाज़ पंछी की तरह!

मामा ने कहा, ''मतीन ने विवाह नहीं किया, कुँआरा है! इसी से ऋतु की शादी कर दी जाए। विवाह में कोई धूमधाम नहीं होगी, बराती भी नहीं आएँगे।''

माँ-अब्बू ने राहत की साँस लेकर कहा, ''चलो, यही इंतज़ाम कर डालो।''

मुझे धर-पकड़कर मतीन के साथ ब्याह दिया गया।

शादी की रात ही, मतीन ने सवाल किया, ''क्या-क्या देंगे, तुम्हारे अब्बा?''

''क्या-क्या देंगे, मतलब?''

''मतलब, रुपये-पैसे, पलंग, ड्रेसिंग टेबल, अलमारी, गहने, फ्रिज, रंगीन टी. वी. वगैरह...?''

''क्यों? तुम्हारे पास यह सब नहीं है?''

''हो भी तो क्या?''

''अगर वे ये सब सामान न दें, तो?''

''देंगे क्यों नहीं? उन्हें देना पड़ेगा।''

मतीन की उम्र मुझसे दुगनी थी। इसके बावजूद उसने अपने रंग-ढंग-रवैये से यह बखूबी समझा दिया कि मुझे ब्याहकर, उसने मुझे धन्य कर दिया।

वह अक्सर मुझे खोटा देता था, ''मैं क्या करता? तुम्हारे मामा इस तरह मेरे पीछे पड़ गए, मेरे हाथ-पैर जोड़े कि...''

रात को वह मेरे साथ ही सोता था, मगर मुझे छूता नहीं था। बाबुल नामक एक छोकरा पहले से ही उसके साथ काम करता था। रात गहराते ही, वह दबे पाँव उसके बिस्तर पर पहुँच जाता था। एक रात उन दोनों पर मेरी नज़र पड़ी। वे दोनों नंगे लेटे हुए थे। उस रात उसने मुझे बेतरह पीटा। नौकरी करके, मैं जो रुपये घर लाती थी, महीने के पहले हफ़्ते में ही मतीन गिन-गूँथकर ले जाता था। शादी कर लेने से लोग भली औरत कहते हैं। लोगों की जुबानी 'भली औरत' कहे जाने की उम्मीद में, मैं उस गृहस्थी से चिपकी रही। मैंने अब्बू, माँ, अड़ोसी-पड़ोसी, किसी से भी अपनी तकलीफ नहीं बताई। काली-कलूट लड़की ठहरी! ब्याह हो गया, यही काफी है। पति, घर-गृहस्थी के बारे में, इतना साध-आह्लाद, उसे शोभा नहीं देता।

(ङ)

आखिर एक रात, मतीन ने मेरा गला घोंटकर मार डाला।

उस दिन शाम से ही, वह दारू पर दारू चढ़ाये जा रहा था।

उसने बार-बार मुझे हिदायत दी कि मैं अपने पीहर से रुपये-पैसे ले आऊँ, वर्ना वापस घर लौटने की ज़रूरत नहीं है।

मैंने सीधे-सीधे जवाब दे दिया, "मैं अब्बू के सामने हाथ फैलाकर, रुपये नहीं माँग सकती। इसके अलावा, तुम्हें किसी तरह की कमी भी नहीं है।"

मतीन ने ज़ोर का ठहाका लगाया! बेहद क्रूर ठहाका!

"कमी है या नहीं, वह मैं समझूँगा! तुम्हारा काम रुपये लाना है, रुपये तुम ले आओ।"

"नहीं, मैं नहीं लाऊँगी।"

"तुम्हें लाना ही पड़ेगा।"

"अगर न लाई, तो तुम क्या कर लोगे, ज़रा सुनूँ?"

"तुझे मारकर, तेरी लाश कुत्तों को खिला दूँगा।"

"ओ के! यही करो।"

बस्स! हाथ का गिलास मेज़ पर रखकर, मतीन ने मेरी गर्दन धर दबोची। मुझे लगा था, काफी देर तक तकलीफ-यंत्रणा देने के बाद, वह मुझे छोड़ देगा। लेकिन, नहीं, उसने मुझे नहीं छोड़ा। मेरी गर्दन दबोचे रहा। इतनी तुच्छ-सी वजह पर, वह मुझे जान से ख़त्म कर देगा, यह मैंने नहीं सोचा था।

जब मैंने अपना बदन, उसके बदन पर शिथिल कर दिया, उसने बाबुल को आवाज़ दी।

उसने बाबुल के कानों में फुसफुसाकर कहा, "लगता है, साली मर गई।"

बाबुल दहशत से काँप उठा, "अब क्या होगा?"

"जा बोरे में भरकर, नदी में फेंक आ।"

"थाना-पुलिस?"

"अरे, कुछ नहीं होगा। थाना-पुलिस सब मेरे हाथ में है।"

मतीन ने अपना गिलास दुबारा हाथ में उठा लिया। उसकी उँगलियों या पलकों में हल्की-सी भी कंपन नहीं हुई।

बुझाओ, जीवन-दाह

शिक्षित लड़की है! देख-सुनकर ब्याह किया गया है। लड़की चेहरे-मोहरे से अच्छी है; लिखाई-पढ़ाई में अच्छी है! घर के सभी लोगों ने उस लड़की को पसंद किया।

लेकिन, अब उस लड़की का एक ही लक्षण, किसी को भी पसंद नहीं आ रहा है। वह लड़की दिन भर किताब पढ़ती रहती है। यह कैसी अजब लड़की है! हाथ में हर वक्त, यूँ किताब लिए पड़े रहने से भला चलेगा? तो करना क्या होगा? अरे, भई, उठो! घर में कितने सारे काम होते हैं, करो। घरेलू काम, और क्या? बर्तन-भाँड़े माँजना, कपड़े धोना, घर-द्वार धोना-पोंछना, नाश्ता तैयार करना, मसाला पीसना, खाना पकाना, वगैरह-वगैरह! घर में कितने ही घरेलू कामकाज होते हैं!

लेकिन इन सब कामों में वह लड़की हाथ भी नहीं लगाना चाहती। उसका मन होता है, हर वक्त वह किताबें पढ़ती रहे। वह किताब भले विज्ञान, साहित्य, इतिहास-भूगोल, चाहे किसी भी विषय की हो। पति सुबह दफ़्तर के लिए निकल जाता है, शाम को लौटता है।

शाम को घर में क़दम रखते ही वह उसे कमरे में तलब करता है और चाय की फ़र्माइश करता है, "जाओ, चाय ले आओ।"

लड़की चाय पेश कर देती है।

चाय पीते-पीते, पति फ़रमाता है, "आज की शाम बेहद हसीन है न?"

लड़की को बोलना ही पड़ता है, "हाँ, हसीन है।"

पति सिगरेट सुलगाता है।

धुएँ का कश छोड़ते हुए कहता है, "आज दफ़्तर में क्या हुआ, मालूम? रक़ीब साहब क्या कांड कर बैठे...?"

रक़ीब साहब, सुलतान साहब, हुरमत अली, अनवर साहब...उस औरत को इन्हीं लोगों के कहानी-किस्से सुनते-सुनते, शाम पार कर देना पड़ती है। उसके बाद पति महोदय या तो फ़िल्म देखते, या सैर के लिए बाहर निकल पड़ते, पार्क-मैदान

में टहलते। उस औरत को उनकी संगिनी बनना पड़ता था। ऐसा भी होता था कि वह औरत लेटी होती, मन बेहद उचाट है।

पति जनाब हुक्म देते, ''आओ, वीसीआर पर फ़िल्म देखें। आओ–''

''फ़िल्म? लेकिन इस वक्त मेरा मूड नहीं है।''

''मूड नहीं है, क्या मतलब? चलो, आओ।''

उस औरत का जब गाना गाने का मन कर रहा होता, उसके पति हज़रत उसे चिंगड़ी मछली की मलाई करी बनाने के लिए रसोई में भेज देते थे। उस औरत का जिस वक्त बाहर निकलने का मन हो रहा होता, पति साहब उसे बिस्तर पर खींच ले जाते। उस औरत ने गौर किया, उसकी हर इच्छा पर अंकुश लगाया जा रहा है। उसे अपनी चाहत पर नियंत्रण करना पड़ता है। नियंत्रण करते-करते, उसका दम घुटने लगा।

एक दिन उसने पति से कहा, ''मैं कुछेक काम करती हूँ–''

''काम? मतलब?''

''देखती हूँ, अगर कहीं कोई नौकरी-चाकरी मिल जाए–''

''तुम नौकरी करोगी?''

''हाँ–''

घर की बहू नौकरी करना चाहती है, यह ख़बर सभी लोगों तक पहुँच गई। चारों तरफ छिः-छिः का कोहराम!

सास ने कहा, ''भई, हम लोग ख़ानदानी लोग हैं। इस घराने की कोई औरत, कभी नौकरी करने, बाहर नहीं गई।''

उस औरत यानी नीलोफर को अंदाज़ा हो गया कि उसे नौकरी करने नहीं दिया जाएगा। वैसे उसे इसकी कोई वजह समझ में नहीं आई।

''मैं नौकरी कर लेती, तो गृहस्थी में कमाई बढ़ जाती!''

''क्यों? मैं क्या नौकरी नहीं करता? इसके अलावा, जब बाल-बच्चे होंगे, तब?''

''तब क्या?''

''तब तुम नौकरी कैसे करोगी? बच्चे को पाल-पोसकर बड़ा नहीं करना होगा?''

''बच्चा क्या अकेली मैं पालूँगी? तुम हाथ नहीं बँटाओगे?''

''मैं हाथ बँटाऊँगा? बच्चा पालूँगा? तुम्हारा दिमाग़ तो नहीं ख़राब हो गया है?''

''बच्चा क्या मुझ अकेली का होगा? वह तुम्हारा भी तो होगा।''

हाँ, वह बच्चा उसका भी होगा, यह बात महबूब जानता है! लेकिन, बच्चे को खिलाने, सुलाने, मल-मूत्र साफ़ करने, चलाने, बात-वात करना सिखाने की सारी जिम्मेदारी, अकेली नीलोफर पर है! नीलोफर को यह समझ में नहीं आता कि ये सारे काम, अकेले उसी को क्यों करने होंगे? ये सारी जिम्मेदारियाँ, अकेली उसी की

क्यों हैं? अगर ये जिम्मेदारियाँ अकेली उसी की हैं, फिर भी नौकरी करने में क्या असुविधा है? जो प्राणी, जिस काम में पारदर्शी है, उसे वह काम करना ही चाहिए। इनसान क्या सिर्फ अपनी घर-गृहस्थी के लिए ही त्याग करेगा? देश या समाज के लिए नहीं करेगा? वर्ना नीलोफर ने जो केमिस्ट्री की पढ़ाई की, उसका क्या फ़ायदा हुआ? गृहस्थी में केमिस्ट्री किस काम आएगी?

नीलोफर लेटी रही। गच्छे-गुच्छे उदासी, उसे घेरे रही, वह समझ रही थी, वह किसी जाल में फँस गई है। इस जाल को चीरकर, बाहर निकलना, क्या कभी संभव होगा? कभी-कभी वह यह हिसाब-किताब भी लगाती है कि यह गृहस्थी उसे क्या देती है—पति, बच्चे और खाना-कपड़ा! बस्स! इससे बाहर क्या इनसान की कोई जिंदगी नहीं होती? इससे बाहर क्या कोई विशाल दुनिया नहीं है? जरूर है! नीलोफर को समझ में नहीं आता था कि वह अपनी चाहत का इज़हार किससे करे! उसने तो सोचा था, पति पढ़ा-लिखा, शिक्षित है, कम से कम वह ज़रूर समझेगा। लेकिन अगर ये चाहत ही पूरी नहीं हुई, तो उसकी समूची जिंदगी क्या पति, बच्चों की सेवा में ही गुज़र जाएगी? उसके लिए अर्जन को और कुछ नहीं है? उसकी और कोई दुनिया नहीं है? फॉसफोरस, सल्फर, पोटाशियम, सोडियम के विचित्र चरित्र लिखकर, उसे क्या फ़ायदा हुआ? वह बेतरह बुझी-बुझी रहने लगी है।

पति उसका यह रूप देखकर एकदम से फूत्कार उठे, "यह तो अजीब मुश्किल है! सुबह मैं कौन-सी कमीज, कौन-से मोजे पहनूँगा, यह भी मुझे ही खोजना होगा? मेरे जूतों में इतनी धूल जमी है। इन सबका ख़्याल क्या मुझे रखना होगा? यह सब कौन देखेगा? शादी करके भी अगर ये तकलीफें झेलनी पड़ें, तो...! अरे, बीवी को हमेशा हँसते-मुस्कराते रहना चाहिए। लेकिन, इसके बजाय, वह भी मिजाज़ दिखाती है!"

सास भी आँखें दिखाती है!

"महबूब खुश क्यों नहीं नज़र आता, बहू?" वह जवाब तलब करती।

"यह मैं क्या जानूँ?"

"यह तो तुम्हें जानना होगा न? उसे खुश रखने की जिम्मेदारी तुम पर है। इसीलिए मैंने पढ़ी-लिखी लड़की से उसकी शादी की, ताकि वह मेरे बेटे के साथ घूमे फिरे; दस लोगों से बातचीत कर सके! अपने बाल-बच्चों को पढ़ा सके! तुम पढ़ी-लिखी हो, तुम्हें समझना चाहिए कि पति का मन कैसे खुश होगा।"

दरवाज़े पर खड़ी-खड़ी नीलोफर, उनकी बातें सुनती रही, उसे यह सब अच्छा नहीं लगा।

रात को जब पति घर लौटा, सास ने कहा, "पढ़ी-लिखी बहू है न, मारे गुमान के ज़मीन पर पाँव नहीं पड़ते। अरे, वह तो सास-ससुर से भी माप-जोखकर बातें करती है।"

"अच्छा....?"

"और नहीं तो क्या? मुसीबत तो मेरी है। नाते-रिश्तेदारों के सामने बहू के गुणगान करूँ, यह भी संभव नहीं है। अरे, बहू है, बहू जैसी रहे। उसे इतना गरूर क्यों है? वह तो ननदों को भी इनसान नहीं समझती। मेरी बेटियाँ हैं कि भाभी-भाभी कहते हुए दिवानी रहती हैं। उसका अच्छा-बुरा देखे-समझे, यह तो नहीं ही होता, उनसे तो वह बात भी नहीं करना चाहती। बाबा रे बाबा, कैसी नकचढ़ी औरत है!"

महबूब खामोशी से उनकी सारी बातें सुनता रहा। नीलोफर ने सोचा कि सास उसे पुराने काल के नियम से चलाना चाहती है, महबूब यह समझेगा।

लेकिन यह समझने के बजाय महबूब ने अपनी माँ के सामने ही नीलोफर को बुलाकर जवाब तलब किया, "तुम चाहती क्या हो, बताओ तो? मेरे घर में तुम कलह मचाने आई हो? मेरे माँ-बाप, भाई-बहनों को तुम खुश नहीं रख सकतीं? तुम, उनका कहना नहीं मानतीं? तुमने समझ क्या रखा है? तुमने क्या यह सोचा है कि इन करतूतों से तुम कुछ वसूल कर पाओगी?"

"वसूल करूँगी?"

"हाँ, इसे वसूल करना ही कहते हैं! तुमने क्या सोचा है, तुम ज़रा पढ़ी-लिखी क्या हो, मेरी माँ-बहनें तुम्हारी दासी होकर रहेंगी?"

"दासी?"

"हाँ, दासी! यही तो तुमने सोच रखा है! तुमने यह सोच लिया है कि मुझे भी तुम नाक में नकेल डालकर नचाओगी।"

"तुम यह कैसी बातें कर रहे हो?"

"मैं ठीक ही कह रहा हूँ। सुनो, आज मैं तुम्हें आखिरी बार चेतावनी देता हूँ। घर में तुम बहू की तरह ही रहोगी! इसमें एक सूत भी इधर-उधर न हो।"

महबूब की आँखों से मानों चिनगारियाँ छूटने लगीं, "तुम्हारे खाने-पहनने में क्या कोई कमी रखी गई है? अगर ऐसा नहीं है तो तुम लोगों के सामने इतना मिज़ाज क्यों दिखाती हो?"

नीलोफर ने कोई जवाब नहीं दिया। वह, बस, लंबी-सी एक उसाँस भर लेकर रह गई।

दिन इसी तरह गुज़रते रहे!

नीलोफर अब समझ गई थी, इस घर में उसकी इच्छा-अनिच्छा का कोई मोल नहीं है। जैसे उसकी माँ-बहनों ने जिंदगी गुज़ारी वैसे ही उसे भी गुज़ारना होगी। माँ, दादी पढ़ाई-लिखाई कम जानती थीं, वह ज़्यादा जानती है, इसलिए नियम बदल जाएगा, ऐसा नहीं है। नियम एक जैसा ही है! असल में घर के किसी भी बंदे से

बात करने का उसका मन ही नहीं करता! महबूब से भी नहीं! यह पूरी गृहस्थी ही उसे गले की फाँसी लगती है।

महबूब की झुँझलाहट दिनोंदिन बढ़ती जा रही है!

"भई, अगर तुम जाना चाहती हो, तो चली जाओ। तुमसे मेरा काम नहीं चलेगा।" पति ने कहा।

नीलोफर भी सोचती रही, इस तरह जिंदगी नहीं चल सकती। वह कोई मैना या सुग्गा नहीं है कि उसे पिंजरे में क़ैद करके, लोग उसे घर-गृहस्थी सिखाएँगे, लेकिन वह जाए कहाँ? अब्बू इंतकाल कर गए, माँ भाइयों के आसरे-भरोसे है। वह भी अगर भाई की गृहस्थी में पनाह ले, तो यह चर्चा ज़रूर उठेगी कि वह निहायत लापरवाह जीव है, पति और घर-गृहस्थी में उसका दीदा नहीं लगता। भाई-भाभी-माँ—हर कोई उसे इसी गृहस्थी में धकिया देने का इंतज़ाम करेंगे। सच तो यह है कि दुनिया में उसका कहीं ठिकाना नहीं है, अगर वह घर से अकेली-अकेली निकल जाए, उद्देश्यहीन गली-सड़कों पर भटके, तो लोग उसे वेश्या कहेंगे। अगर वह कहीं नौकरी माँगने जाए, तो नियोगकर्ता उससे खिलवाड़ करेंगे। इस दुनिया में कहीं भी, उसके लिए मामूली-सा भी कोई ठिकाना नहीं है। वह अपने व्यक्तित्व, अपने अंदर मौजूद योग्यता, क्षमता के साथ, कहीं भी खड़ी नहीं हो सकती। हर कोई उसकी देह को ही नोचता-खसोटता रहेगा।

जब ये सब ख्याल उसे परेशान करते रहे, काफी रात हो चुकी थी! घर के सभी लोग गहरी नींद सो रहे थे। रसोई में चूहे मारने की दवा पड़ी थी। वह रसोई में दाखिल हुई। उसे अपना आप तुच्छ चूहे जैसा लगने लगा है! मर्द ही एकमात्र इनसान हैं और मर्दों की इस दुनिया में चूहा बनकर जीने का कोई मतलब नहीं होता, इसलिए उसने मुट्ठी भर, चूहे मारने की दवा, अपने गले के नीचे उतार ली। इसका एक असर ज़रूर हुआ। नीलोफर के अंतस में जो आग धधक रही थी, गृहस्थी की आग जो उसे जला रही थी, वह ठंडी पड़ गई।

दिन गुज़रते हुए...

एक

मेरे पति व्यवसाय करते हैं और मैं मोतीझील के एक फार्म में प्राइवेट सेक्रेटरी की नौकरी करती हूँ। अच्छी-ख़ासी तन्खाह है! मैं सूरत-शक्ल से भी हसीन हूँ—ऐसा लोग-बाग़ कहते हैं। इसके अलावा, मैं अपने को आईने में भी देखती हूँ। अनीस, दिन भर में कम से कम दो बार, यह नौकरी छोड़ देने का हुक्म देता है! अनीस मेरे पति का नाम है। नौकरी छोड़े देने की, मुझे कोई वजह समझ में नहीं आती। आज के ज़माने में छः हज़ार रुपये, क्या माँगने से ही मिल जाते हैं? अनीस, कोई लंबा-चौड़ा कारोबार करता हो, ऐसा भी नहीं है। उसका भी कोई-कोई साल बिना फूटी कौड़ी कमाए, गुज़र जाता है। तब मेरे रुपयों से ही आराम-आराम से गृहस्थी चल जाती है। लेकिन अनीस के सामने, मैंने अहंकार से कभी नहीं कहा कि देख लो, इस खर्च में या उस ख़र्च में मैंने इतने रुपये ढाले हैं। अनीस का करोबार कभी-कभी ख़ासा चल निकलता है। उन दिनों घर में खूब-खूब रुपये भी आते रहते हैं। मैं सब समझती हूँ। उन दिनों अनीस अपने लिए नयी पैंट-शर्ट बनवाता है; बाज़ार से लाए हुए और-और सौदा-सुलफ के साथ, थैले में बड़ी-बड़ी रोहू मछली भी होती है। उन दिनों वह देर-देर रात घर लौटता है और उसके मुँह से दारू की बेभाव गंध आती रहती है।

उसी नशे के आलम में वह मुझे आवाज़ देता है, "ममता, इधर आओ...पास आओ, जी!"

मैं अपने हाथ के सारे काम निपटाकर ही उसके करीब आऊँ, यह उसे मंजूर नहीं होता। मुझे उसी वक्त जाना होता है।

जैसे ही मैं उसके करीब जाती हूँ, वह मेरी तरफ पहला जुमला यही फेंकता है, "तुम्हारे फार्म का एम डी अव्वल दर्जे का बदमाश है, यह तुम जानती हो?"

यह सवाल जवाब देने लायक नहीं होता।

शुरू-शुरू में मैंने जवाब भी दिया, "अगर वह बदमाश है, तो मेरा क्या?"

मेरे इस जवाब पर वह और भी भड़क जाता था, "तुम्हारे यह कहने का क्या मतलब है, वह आदमी तुम्हारे साथ हमबिस्तर नहीं हुआ?"

अगर मैं इनकार कर देती थी, "ना ऽ ऽ!"

अनीस ने मेरे गाल पर कसकर तमाचे जड़ते हुए कहा, "झूठ बात!"

यानी उसके सवाल का जवाब दो या न दो, वह अपनी ही बात पर डटा रहता था, "एम डी, आलमगीर, तुम्हारे साथ सोता है–"

इसके बाद, वह 'वेश्या! छिनाल! रंडी!' वगैरह शब्द यूँ चीख-चीखकर इस्तेमाल करता कि मारे शर्म और हिकारत के मेरा मर जाने को मन करता था। आस-पास के फ्लैटवाले, अनीस की इस चीख-चिल्लाहट का मज़ा लेते थे। 'मज़ा लेते थे'–यह जुमला इसलिए कहा, क्योंकि इन सारी चीख-चिल्लाहट के बाद, अगली सुबह जब पड़ोसी हाल-समाचार लेने आते थे और पूछते थे कि–कल रात क्या हुआ था भाई या भाभी? तो अनीस ही आगे बढ़कर जवाब सुनाता था कि यह गृहस्थी उसके लिए नर्क जैसी है। इस गृहस्थी में वह कैसे टिका हुआ है, यह उसी का दिल जानता है। पड़ोसी, अनीस के प्रति माया-ममता से विह्वल हो उठते थे।

जाने से पहले, वे लोग मुझे उपदेश देते थे, "भई, पति जैसा चाहता है, उसी तरह रहा करो। फिजूल गड़बड़ क्यों करती हो?"

जितने भी नाते-रिश्तेदार, अड़ोसी-पड़ोसी, सभी लोगों को अनीस ने बखूबी समझा दिया था कि यह गृहस्थी मेरी उदासीनता की वजह से ही रसातल में चली गई है। बाल-बच्चों की पढ़ाई ठीक नहीं चल रही है! घर के कामकाज में मेरा मन नहीं लगता! मेरा मन हर वक्त बाहर ही पड़ा रहता है। ऐसे सब व्यवहार वह तभी करता था, जब उसके हाथ में रुपये आते थे। अनीस के लाख उकसाने पर भी मैं अपनी नौकरी छोड़ने को किसी शर्त पर भी राजी नहीं हुई, क्योंकि उससे विवाह हुए तेरह साल गुज़र गए, फिर भी मैं निश्चित नहीं हूँ कि बाकी जिंदगी, उसके साथ रहना संभव भी होगा या नहीं। ऐसा भी तो हो सकता है कि वह किसी भी दिन मुझे तलाक दे दे या यह भी संभव है कि वह मुझ पर दबाव डालकर, ज़ोर-ज़बर्दस्ती, मुझे राजी करके, दूसरी शादी कर ले। मैंने ऐसी किसी भी आशंका को झाड़-पोंछकर, विदा नहीं किया।

इसीलिए मैं नौकरी छोड़ने में कोई बुद्धिमानी नहीं मानती।

लोग-बाग़ का कहना है, अनीस भी कहता है–"पी एस का मतलब ही है, एम डी की 'पालतू रखैल!' " नौकरी के तौर पर, पी एस का पद, सम्मानजनक नहीं माना जाता। लेकिन, यह बात मानने को मेरा मन नहीं करता। मेरी दससाला नौकरी के जीवन में आलमगीर साहब ने ज़रूरत से बाहर, मुझसे एक भी बात नहीं

की है। मेरे प्रति अभद्रता या गैर-शरीफ हरक़त उन्होंने कभी नहीं की। जबकि मेरी एक डॉक्टर सहेली के लगभग बूढ़ा—जुलजुल प्रोफेसर, मरीजा की जाँच करने के बहाने, अपने चेंबर का दरवाज़ा, अंदर से बंद कर लेता था और मरीजा को नंगी करके ही दम लेता था। लोग तो कहते हैं कि डॉक्टरी काफी सम्मानजनक पेशा है, फिर...? मेरे एम डी से अनीस का परिचय न हो, ऐसा भी नहीं है। अनीस अक्सर ही आकर, उनसे राजनीति, अर्थनीति, इंडस्ट्री वगैरह पर गपशप करता है। वह आदमी आपादमस्तक शरीफ जीव है, यह जानते हुए भी अनीस, घर में बैठा-बैठा मेरे और एम डी को लेकर अशोभन ताल्लुकात के फूहड़ इशारे किया करता है!

हमारे बच्चे अब सयाने हो रहे हैं! दीप और दोपाटी! दोपाटी यानी गुलदाउदी! ये बच्चे भी अनीस का दारू पीना, रात-विरात मुझसे चीख-चिल्लाकर बातें करना, गाली-गलौज करना—इन सबकी उन दोनों को भी जानकारी है।

एक दिन दीप ने मुझसे सवाल किया, "माँ, वेश्या का क्या मतलब होता है? तुम क्या वेश्या हो?"

"क्यों यह क्यों पूछ रहा है?" उसके लिए स्कूल की टिफिन सजाते हुए, मैंने पलटकर सवाल किया।

"बाबुम ने उस दिन तुम्हें वेश्या जो कहा—"

कुल पाँच वर्ष का बच्चा। उसके मन में भी इस शब्द के प्रति उत्सुकता जाग उठी। काफी देर तक मैं चुप रही। दीप को मैं कोई जवाब नहीं दे सकी, क्योंकि अगर एक ही जुमले में उसके बाबुम की कही हुई बातें उड़ा देती, तो उसके मन में अगला सवाल यह उठता,—"तो क्या बाबुम झूठ बोलते हैं?"

मैंने प्रसंग बदलते हुए कहा, "आज स्कूल की छुट्टी जल्दी होगी, तुम्हें पता है न? आज हम शिशु पार्क चलेंगे।"

दोपाटी की उम्र दस साल! बेहद चुप्पी लड़की! वह मुझसे किसी भी बारे में कोई सवाल नहीं करती। लेकिन वह अनीस के बजाय मुझे शायद ज़्यादा पसंद करती है।

दफ़्तर से थक-हारकर लौटते ही मुझे बावर्चीखाने की तरफ दौड़ जाते देखकर, वह कहती है, "इतना-इतना काम करोगी, तो कुछ ही दिनों में तुमको बुखार चढ़ जाएगा।"

"काम करने से बुखार चढ़ जाता है—?" मैंने हँसकर पूछा।

असल में, इतना काम करने से बीमार पड़ जाओगी—यह कहने के बजाय, वह कहती है 'बुखार चढ़ जाएगा'। उसे अन्यान्य तकलीफों से बुखार ही ज़्यादा भयंकर लगता है, इसीलिए भंयकर का आधिक्य समझाकर, वह मुझे तकलीफ से मुक्त करना चाहती है। लेकिन, मेरे बैठे रहने से क्या काम चलेगा? मुझे खाना पकाना होता है; सबको खिलाना होता है। घर में नौकरानी भी ज़्यादा दिन नहीं टिकती, छोड़कर चली

जाती है। गार्मेण्ट्स फैक्टरी खुल जाने की वजह से नौकरानी मिलना लगभग मुहाल हो गया है। इसलिए अकेले हाथों से ही मुझे सारा कुछ सँभालना पड़ता है। उस पर से अनीस जुआ खेलने के लिए भी, अड्डे बिठाता है। ड्राइंगरूम में आधी-आधी रात तक जुआ चलता है। मैं, अनीस और उसके दोस्तों के लिए खाना चढ़ाती हूँ। सबको खिलाने-पिलाने के बाद ही सोने जाती हूँ। जुए में अनीस ज़्यादातर हारता है। बहरहाल मैंने उसके जुआ खेलने पर कभी एतराज नहीं किया। मैं क्यों एतराज करूँ? अगर उसका मन करता है कि वह रुपये उड़ाए, तब मेरा एतराज करना गलत होगा न! दूसरों के साध-आह्लाद नष्ट करने का मुझे कोई हक़ नहीं है। वैसे भी, आजकल बहुतेरे लोग जुआ खेलते हैं। मुझे ताश का खेल बेहद पसंद है! कई बार मैंने भी रुपयों का दाँव लगाकर, ताश-पत्ती खेली है! लेकिन अजीब नशा है! खेलने लगो, तो लगातार खेलते रहने की चाह जागती है। इसलिए मैं जुए वगैरह से बिल्कुल दूर ही रहती हूँ।

दो

अचानक ही अनीस के हाथों में ढेर-ढेर रुपये आ गए हैं! मुझे मालूम है कि ये रुपये कहाँ से आये हैं। लेकिन, रुपये पाने के बाद, वह अजीब-सी हरकत कर बैठा है। उसने ऐलान किया है—वह विवाह करेगा। विवाह करने की वजह, उसने यह बताई है कि उसे एक अदद 'घरेलू लड़की' की ज़रूरत है, जो घर पर रहेगी। नौकरी-चाकरी नहीं करेगी, पति की सेवा-टहल करेगी।

सुना है, कोई लड़की भी तय की जा चुकी है। यह खबर सुनकर, मैंने अपनी तरफ से कोई आग्रह नहीं दिखाया। अब जो होना है, हो। मैं नियमित ढंग से दफ़्तर जाती हूँ, घर पर बच्चों को पढ़ाती-लिखाती हूँ, खाना पकाती हूँ। इसके अलावा घर की साज-सज्जा भी मेरे जिम्मे है। ये सारे काम मैं निहायत ख़ामोशी से निपटाती रहती हूँ।

अनीस आजकल रात को काफी देर-देर से घर लौटता है।

कमरे में क़दम रखते ही, वह मुझे सुना-सुनाकर ऐलान करता है, "मैं क्यों न करूँ विवाह? ज़रूर करूँगा! मेरे विवाह की उम्र निकल तो नहीं गई!"

दूसरे विवाह के पहले, अनीस ने मुझे तलाक दे दिया! तलाकनामे में लिखा गया—मैं निहायत बदचलन औरत हूँ; अपने दफ़्तर में जिस-तिस के साथ, मेरे ढेरों लफड़े चलते हैं। मुझ जैसी औरत, घर में रखने के क़ाबिल नहीं है।

बेहद सोनी-सी लड़की! उम्र इक्कीस वर्ष! कस्बे की सरल-सहज लड़की! बुद्धू-बुद्धू! खूबसूरत! मुझसे तेरह साल का रिश्ता तोड़कर अनीस सच ही उस लड़की

से विवाह कर बैठा। ख़ैर, इसके लिए मैं न तो उस लड़की को दोष देती हूँ, न अनीस को!

मैंने एक छोटा-सा घर किराए पर ले लिया और दीप, दोपाटी के साथ वहीं चली आई। अनीस अपनी नई बीवी समेत पहलेवाले मकान में ही रहने लगा। बहुत-से लोगों ने मुझे सलाह दी कि मैं अपने पीहर या भाई के यहाँ जाकर रहूँ। मैं ही राजी नहीं हुई। मुझे मालूम है कि वहाँ भी सभी लोग अनीस के अंदाज में ही बातें सुनाते। वे लोग भी यही कहेंगे कि दामाद जी अगर नहीं चाहते कि नौकरी करे, तो तुझे नौकरी छोड़ देनी चाहिए थी। नौकरी के प्रति तुझे इतना मोह क्यों है? यानी अनीस की शिकायत बिल्कुल सच है।

ख़बर मिलती रहती है कि अनीस दुखी है! दीप और दोपाटी को ले जाने के लिए उसने कई बार आदमी भेजे, लेकिन मैंने ही उन्हें ले जाने की अनुमति नहीं दी। इसके अलावा बच्चे भी जाना नहीं चाहते। उसने यह धमकी भेजी है कि वह मुझ पर केस करेगा। केस में वह जरूर जीत भी जाएगा, क्योंकि बच्चों पर माँ का हक़ दूध पिलाने की उम्र तक ही सीमित है, दूध छूटते ही बच्चे, पिता के अधिकार में चले जाते हैं। इस देश में ऐसा अमानवीय कानून विराज करता है, यह सोचकर ही मेरा तन-बदन दहशत से सिहर उठता है। वैसे भी वह बच्चों को अपने दखल में क्यों लेना चाहता है? अब तो उसके नए बाल-बच्चे होंगे। अब वह 'घरेलू लड़की' के साथ सुखद घरबारी बन गया है! उस सुखी गृहस्थी में, पहली बीवी के बच्चे, धूल-धूसरित कदम रखें, यह तो अनीस की पसंद के खिलाफ है! सच तो यह है कि मुझे ज़्यादा से ज़्यादा तकलीफ देना ही उसका असली उद्देश्य है!

तीन

मेरी नौकरी का सिलसिला जारी रहा। तन्खाह के पैसों से घर का किराया और बाकी ख़र्च चल जाते थे। दीप को अनीस ले गया। दोपाटी मेरे पास है। दोपाटी चूँकि लड़की है, उसे ले जाने में अनीस की दिलचस्पी भी कम थी। दोपाटी की लिखाई-पढ़ाई का ख़र्च जुटाने में, मुझे ढेरों तकलीफें उठाना पड़ीं। उसे पहले स्कूल से निकालकर, किसी कम फीसवाले स्कूल में भर्ती कराने का मेरा मन नहीं हुआ।

वैसे दोपाटी ने एक दिन खुद ही प्रस्ताव दिया, "माँ, हमलोग रोज़-रोज़ मांस-मछली न खाएँ, तो ही बेहतर है! मुझे आलू का भुर्ता भी बेहद पसंद है।"

उसने यह बात क्यों कही, मैं समझती हूँ। आलू का भुर्ता और दाल-भात खाकर, वह मेरे पैसे बचाना चाहती है। वह मुझे रुपये-पैसों के बारे में फिक्रमंद होने को बिल्कुल भी राजी नहीं है। हमने यानी मैं और दोपाटी, सलाह-मशविरा करके, गृहस्थी का खर्च काफी कम करने में कामयाब भी हो गए। दूसरी तरफ मैंने अपने दफ़्तर

के एम डी से भी कहा कि चूँकि अब मैं अकेली रहती हूँ और सारा घर-खर्च मुझे ही जुटाना पड़ता है, अगर मेरी तन्खाह थोड़ी बढ़ा दी जाए, तो मेरा भला हो।

एम डी मानो आसमान से गिरे, "क्यों? अकेली क्यों हैं? अनीस साहब कहाँ हैं?"

"उसने मुझे तलाक दे दिया है।"

"क्यों?"

"इस बीच उसने दूसरा विवाह भी कर लिया है।"

"ऐब्सर्ड! यह आप क्या कह रही हैं? आप अकेली कैसे रह सकेंगी? एक अकेली औरत के लिए ज़िंदा रहना क्या संभव है?"

एम डी की बातों ने मुझे ताज्जुब में डाल दिया। मेरी पतिहीनता को उन्होंने कतई नेक नज़र से नहीं देखा। दिनोंदिन उनसे मेरा टकराव बढ़ता ही गया।

आखिर एक दिन उन्होंने कह ही डाला, "मैं समझता था, आप शरीफ औरत हैं। अनीस साहब ने किस वजह से आपको तलाक दे दिया? मर्द क्या इतनी आसानी से किसी औरत को तलाक देता है?"

समाज के हर व्यक्ति की जुबान पर इसी क़िस्म की बातें। लाट साहब से लेकर नौकर-चाकर तक! मैं आखिर कहाँ जाऊँ?

मेरे दफ़्तर के ही हेड क्लर्क थे—मसूद साहब! पहले वे मुझसे काफी सम्मान से बातें करते थे।

उसने भी एक दिन मेरे सामने प्रस्ताव रखा, "आपने कहाँ घर लिया है, आपा? किसी दिन, आपके हाथ का पकाया हुआ खाना खाने के लिए आपके घर आऊँगा।"

यह कहते हुए उसने ज़ोर का ठहाका लगाया। उसके बाद मुझे यह भी लगा कि वह मानों मेरे बदन से भी सटकर खड़े होने की कोशिश कर रहा था।

मैं नई नौकरी की तलाश में थी। गुलशन के एक बड़े दफ़्तर में, अच्छी-सी नौकरी भी मिल गई। पिछला अनुभव काम आ गया। मैंने सोच लिया है, अगर यहाँ भी वैसा ही बर्ताव मिला, तो भी मैं अभिमान में आकर, नई नौकरी नहीं खोजूँगी, बल्कि प्रतिवाद करूँगी। पति के बिना भी ज़िंदा रहा जा सकता है, यह मुझे साबित करना है! औरत अगर पति के साथ हो, तो अच्छी और शरीफ है; अगर पति के बिना रहनेवाली बुरी और बदचलन है, यह सही नहीं है! मुझे विरोध करना ही होगा। यह अच्छी-बुरी औरत का जो मापदंड है, वह मुझे बेहद अजीब लगता है।

नई नौकरी में काफी मुक्त महसूस कर रही हूँ। तन्खाह भी अच्छी है! इसके अलावा, एक हैंडीक्राफ्ट की दुकान में, शाम को सेल्समैन की नौकरी भी ले ली है। दोपाटी की पढ़ाई के लिए अब दो-दो टीचर रख दिया है। अब, सिर्फ आलू के भुर्ते से ही काम नहीं चलाना पड़ता, मांस-मछली भी, हमारे हिस्से में आने लगा है।

चार

दरअसल इनसान की ज़िंदगी उत्ताल समुद्र है। लहरें कहीं थमी नहीं रहतीं। इनसान की ज़िंदगी बेहद गतिशील और प्राणवंत होती है! इस बीच एक नौजवान से भी मेरी जान-पहचान हो गई है। नए दफ्तर में वह मेरा सहकर्मी है। उम्र मुझसे दो साल छोटी ही होगी। उससे दोस्ती होने के बाद, धीरे-धीरे मुझे उसका संग-साथ बेहद भला लगने लगा है। वह मेरे घर भी आने-जाने लगा है!

एक दिन उसने मुझे कंधे से झकझोरते हुए पूछा, ''ममता, क्या तुम मुझे प्यार करती हो?''

मैंने आँखें मूँदे-मूँदे ही जवाब दिया, ''हाँ—''

उसके बाद, हम दोनों ही तन-मन के तकाजे पर हम-बिस्तर भी हुए! मुझे रिश्ते में कोई शर्म या संकोच नहीं है। उस नौजवान का नाम है—कैस! मैं और कैस, एक-दूसरे को प्यार करते हैं। कैस के बीवी-बच्चे भी हैं और वह उनके प्रति काफी अंतरंग भी है। उसकी वह अंतरंगता मुझे भी मुग्ध करती है।

कैस से अपने रिश्ते के बारे में, मैंने दोपाटी से कहा, ''वह मेरा मित्र है। उसे मैं अपना पति कभी नहीं बनाऊँगी। लेकिन मित्रता का यह रिश्ता किस हद तक जाए या न जाए, यह मेरा नितांत निजी मामला है।''

दोपाटी ने सिर हिला दिया।

यानी—माँ, मैं तुम्हें प्यार करती हूँ। तुम्हें जो अच्छा लगे, करो।

पाँच

अनीस ने दीप को हॉस्टल भेज दिया है! नई गृहस्थी में उसे नए बाल-बच्चे हुए हैं। दोपाटी भी अब बड़ी हो चुकी है। अब वह कॉलेज में पढ़ती है और मैं कुल मिलाकर मज़े में हूँ! नौकरी से लौटकर, दोपाटी से गपशप करना, गाने सुनना, दोपाटी के पढ़ने के लिए ज्ञान-विज्ञान की अच्छी-अच्छी किताबें खरीद देना—यही मेरी ज़िंदगी है! कैस, नौकरी लेकर, जर्मनी चला गया है! खैर, अनीस, कैस जैसे लोग तो बस, आयाराम-गयाराम होते हैं; आते हैं, रुख़्सत हो जाते हैं! इनके लिए न ख़ुश होने में फ़ायदा है, न शोक मनाने में! मेरी ज़िंदगी, मेरे अलावा, और किसी की भी नहीं है! ज़िंदगी का बेहद-बेहद लंबा रास्ता तय कर आने के बाद, मैंने यह सच बेहद गहराई से महसूस किया है।

ब्याह का घर

वह लड़की कविताएँ लिखती थी। कविताओं में नदी, पेड़ और फूलों की बातें लिखती थी। हाँ, वह लड़की प्यार के बारे में भी लिखती थी। लेकिन चुपके-चुपके! क्योंकि अगर कहीं घरवालों को इस बारे में सुन-गुन भी लग जाता, तो वे उसे ज़िंदा न छोड़ते। हर कोई यही कहता, ज़रूर वह इश्क करने लगी है। असल में दोलन कभी, किसी के प्यार में नहीं पड़ी। वह प्यार से बेतरह डरती थी! उसकी बड़ी दीदी, दोयल ने एक बार प्यार किया था, इस जुर्म में उसे घर के नितांत अँधेरे कमरे में, पूरे सात दिन तक ज़ंज़ीर से जकड़े रखा गया था।

सात दिनों बाद इदरीस अली ने उसे ज़ंज़ीर-मुक्त किया और उसे करीब बुलाकर पूछा, ''उस नकारा छोकरे को, उम्मीद है, अब तक तुम भूल-भुला चुकी होगी, क्यों?''

दोयल ने जवाब दिया, ''हाँ, अब्बा, मैं भूल चुकी हूँ।''

दोलन गाती भी थी, मगर चुपके-चुपके! बाथरूम के फव्वारे के साथ गाने के सुर भी रुल-मिल जाएँगे, इस संभावना के साथ, दोलन जो कुछ भी गाती थी, बाथरूम के अंदर ही! इस बीच दो-एक दिन उसने छत पर भी बैठे-बैठे गाया, ताकि उसकी आवाज़ घर के अंदर तक न पहुँचे।

उसे घर के बैठक-कमरे में तलब किया गया।

इदरीस अली ने जवाब तलब किया, ''तुम छत पर जाती हो?''

''हाँ!''

''क्यों?''

''शाम को छत पर सुहानी हवा बहती है? हवाखोरी अच्छी लगती है।''

''गाना भी गाया था?''

दोलन ख़ामोश रही!

इदरीस अली हुंकार उठे, ''मेरी बेटी होकर, तुम इस घर में गाने का राग अलापती हो? तुम्हारी यह मजाल?''

दोलन की आँखों से आँसू झरने लगे। इदरीस अली ने दोलन के गाल पर दो थप्पड़ जड़ दिए।

दोलन फफककर रो पड़ी, "अब कभी नहीं गाऊँगी, अब्बा!"

अब दोलन न तो चोरी-छिपे कविताएँ लिखती थी, न गाने गाती थी। वह चुपचाप अपने कमरे में बैठी रहती थी!

अब उसका विवाह होने वाला था। उसका विवाह किससे हो रहा था, वह नहीं जानती थी। उसे बताया ही नहीं गया। उसने अभी कुल मैट्रिक की परीक्षा दी थी। अभी रिजल्ट तक नहीं आया था।

ऐन उसी वक्त इदरीस अली ने बेटी का ब्याह कर देने का फैसला किया। सुनने में आया कि अचानक उन्हें भला-सा लड़का मिल गया है। लड़का क्या करता है; सूरत-शक्ल कैसी है; स्वभाव-चरित्र कैसा है, दोलन को कुछ नहीं पता।

आलेया बेगम उसे सिर्फ यह इत्तला दे गयी हैं, "वे लोग तुझे देखने आ रहे हैं। तू सिर झुकाये, बस, बैठी रहना। धीमे लहजे में बात करना! अच्छे ढंग से! आहिस्ते-आहिस्ते! तुझे बाल खोलकर दिखाने को कहें, तो खोलकर दिखा देना। अगर पूछें कि सिलाई-पुराई जानती हो, खाना बनाना जानती हो, तो कहना, जी, जानती हूँ। अगर चलकर दिखाने को कहें, तो दिखा देना। साड़ी ऊपर उठाकर शायद पाँव भी देखना चाहें, दिखा देना। हाथ-पाँव, समूची देह घिस-माँजकर बिल्कुल साफ़-सुथरा रखना।"

आलेया बेगम! दोलन की माँ! उनका भी विवाह इसी ढंग से हुआ था। वर-पक्ष ने उनके बाल, दाँत, आँखें, हाथ-पाँव जाँच-परखकर, अपने घर ले गए थे। इसलिए वे अपनी बेटी को भी सतर्क किए दे रही थीं। उनका बेहद मन है कि बेटी का विवाह यहीं हो। यह ब्याह हो जाए, तो बेटी अपने ठौर-ठिकाने लग जाएगी।

दोलन दिन भर लेटी रही। आजकल उसे लिखने-पढ़ने को मना कर दिया गया है, क्योंकि अब काफी लिख-पढ़ लिया, अब उसे जाए-जमा बिछाकर, पाँचों वक्त का नमाज़ भर पढ़ना होता है! आलेया बेगम ने उसके गले में एक ताबीज़ भी डाल दी है और हर दिन दोनों वक्त उसकी छाती-चेहरे पर फूँक मार जाती हैं, ताकि ब्याह राजी-खुशी हो जाए। वे उसे एक तस्वीह भी थमा गई हैं और चंद दुरूद भी रटने को दिया है। वर-पक्ष ने कहा है कि लड़की धार्मिक और पर्दानशीन हो, तो बेहतर है! दोलन को कच्ची हल्दी लगाकर गुसल कराया गया, क्योंकि वर-पक्ष गोरी लड़की चाहते हैं।

दोलन को अब घर से बाहर नहीं निकलने दिया जाता। उसके स्कूल की सहेलियाँ दल बाँधकर आती हैं, हँसती-खिलखिलाती, रसीली बातें करती हैं और चली जाती हैं! दोलन को यह सब कुछ भी अच्छा नहीं लगता। एक दिन भावी दूल्हे की तस्वीर भी, सखियों के हाथ लग गयी। उन लोगों के बीच छीनाझपटी मच गई। सबने एक-दूसरे

के सामने मंतव्य दिया कि लड़का देखने में अच्छा-ख़ासा है, दोलन और उसकी जोड़ी काफी फबेगी। वैसे दोलन को अब छत पर भी जाने की अनुमति नहीं है। उसके मन में तीखी चाह जागती है कि वह नक्षत्र, नदी, समुद्र, झाउ के पेड़ देखे, उन सबसे खूब-खूब बातें करे। उसका बेहद मन होता है कि किसी खुले मैदान में बैठकर, भरपूर आवाज़ में गाने गाए।

एक दिन वर-पक्ष के दाढ़ी-मूँछ वाले लोग, दोलन को देख भी गए। दोलन को साड़ी पहनाकर, सिर पर आँचल डालकर, उसे वर-पक्ष के सामने पेश किया गया। लड़की का झुका-झुका सिर देखकर, वह सबको पसंद भी आ गई। सबने आपस में एक-दूसरे से तारीफ की कि लड़की वाकई अदब-क़ायदे जानती है, ससुराल के लिए वह ज़रूर घरेलू लड़की साबित होगी। यह लड़की बेहद मितभाषी है; हमेशा सिर झुकाये रहती है, ज़रूर वह पति की आज्ञाकारिणी होगी। विवाह पक्का हो गया, दिन-समय भी तय हो गया।

घर में जश्न का समां! क्योंकि दोलन का विवाह होने जा रहा था! शादी भी कोई ऐसी-वैसी नहीं, बहोत अच्छी शादी होगी! लड़का कारोबार करता है; उसके पास काफी धन-दौलत है! लड़का सूरत-शक्ल से भी सुंदर है। वाकई दोलन की किस्मत है कि उसे ऐसा वर मिलेगा। आलेया बेगम काफी ऊँची आवाज़ में लड़के के खानदान और तन्खाह की तारीफें करते नहीं अघा रही थीं। ऐसा दामाद पाकर वे गर्व महसूस कर रही थीं। इदरीस अली ने भी आमंत्रित नाते-रिश्तेदारों के सामने, लड़के के घर, जमीं-जमा के किस्से सुनाते रहे।

विवाह के दिन दोलन को सुर्ख-लाल साड़ी पहनाई गई; चहेरे पर स्नो-पाउडर लगाया गया। माथे से लेकर गालों तक लाल-सफ़ेद फूल-पत्ती आँकी गई। होठों पर लाल लिपस्टिक लगाई गई। गले, हाथ, नाक-कान, माथे को आभूषणों से सजाया गया। रात को वर आ पहुँचा! घर के अंदर आमंत्रित मेहमानों की भीड़!

इदरीस अली खुशी से बाग़-बाग़! उनकी निगाहें बार-बार, दुलहन के वेश में सजी-धजी, अपनी बेटी की तरफ उठ जाती थीं!

काजी साहब दोलन के कमरे में दाखिल हुए। उस वक़्त दोलन अपने नाते-रिश्तेदार, माँ-अब्बा, अड़ोसी-पड़ोसी, घनिष्ठ सहेलियों में घिरी हुई!

काजी साहब कमरे में बिछे हुए बिस्तर के सामने, कुर्सी रखकर बैठ गए।

"मोहम्मद नेयामुल करीम के बड़े बेटे, बदरुल आलम के साथ, पचास हज़ार टकों के देन-मोहर बावद, मोहम्मद इदरीस अली की दूसरी बेटी, अंजुमन आरा दोलन की शादी, क्या तुम क़बूल करती हो?"

दोलन ख़ामोश!

उसने कोई जवाब नहीं दिया।

वहाँ मौजूद प्रायः सभी लोग उसे धकियाते रहे। माँ, खाला, फूफी, मामी सभी

ने खुसफुस आवाज़ में उसे झिड़कते हुए कहा, "बोल, दोलन! कह दे, क़बूल है।"

लेकिन दोलन ख़ामोश!

वह अपने नाखूनों की नेल-पॉलिश खुरचती रही। जुबान से उसने एक शब्द भी नहीं कहा।

काजी साहब ने दुबारा अपना सवाल दुहराया।

इस बार इदरीस अली ने कहा, "दोलन, कह दे—क़बूल है।"

दोलन फिर भी नहीं बोली।

अब इदरीस अली दोलन के करीब चले आए और उन्होंने दोलन के माथे पर हाथ फेरते हुए कहा, "देर हो रही है, बिटिया, चल, अब झट् से बोल दे—क़बूल है!"

दोलन फिर भी निर्विकार! उसकी निगाह किसी ओर, किसी की भी तरफ नहीं थी। वह ध्यानस्थ होकर अपने नाखूनों से नेलपॉलिश खुरचती रही।

काजी साहब विरक्त नज़र आए। वहाँ मौजूद सभी लोग झुँझला उठे। वक़्त गुज़रता रहा! पंद्रह मिनट! बीस मिनट!

काजी साहब ने दुबारा पूछा, "कहो, बेटी, तुम राजी हो?"

इस बार दोलन ने सिर उठाया। सिर उठाने की वजह से, उसके सिर से आँचल भी सरक गया। उसने एक बार अपने नाते-रिश्तेदारों की तरफ देखा; काजी साहब की तरफ भी भरपूर निगाहों से देखा।

अगले ही पल उसने भयंकर हिकारत, अवज्ञा और दर्द से, काजी साहब के सवाल का जवाब दिया, "ना ऽ ऽ—"

विवाह के घर में सभी लोग अवाक्!

कुल सोलह साल की लड़की का दुस्साहस तो देखो, एक ही जुमले में उसने इतने बड़े मजमे और आयोजन को धूल में मिलाकर रख दिया!

दोलन को भी लगा, उसने कूड़े के ढेर में मानों माचिस की जलती हुई तीली फेंक दी हो।

नाम

फिरदौसी ने अपनी बेटियों का नाम रखा–राजेश्वरी प्रियरंजिनी, चंद्रेश्वरी प्रियदर्शिनी, फूलेश्वरी प्रियनंदिनी!

ये नाम सुनकर, ऐसा कोई भी बंदा नहीं था, जिसकी भौंहें न चढ़ गयी हों और जिसने यह मंतव्य न दिया हो–"हाय अल्लाह, इस क़िस्म का नाम, पहले तो कभी नहीं सुना।"

"इस क़िस्म का मतलब?"

"इस क़िस्म के नाम, क्या मुसलमान लोग रखते हैं?"

"जब बंगाली हूँ, तो बंगला नाम ही रखना चाहिए न?"

"नहीं! नहीं! नाम तो कुरान शरीफ देखकर ही रखना चाहिए। मुसलमानों को तो अरबी नाम रखना चाहिए।"

"हम लोग तो बंगाली हैं या नहीं?"

"हाँ ऽ, बंगाली तो हैं। लेकिन, सबसे पहले, हम मुसलमान हैं।"

"हम मुसलमान हैं, यह तो समझ गयी। लेकिन, अरबी नाम रखना क्यों ज़रूरी है? हम लोग क्या अरबी के जानकार हैं? या अरबी समझते हैं?"

"भले समझते न हों, लेकिन है तो हज़रत नबी की भाषा! यही क्या कम अनमोल है?"

"अच्छा, तो नबी साहब की भाषा, अल्लाह खूब पसंद करते हैं?"

"पसंद नहीं करेंगे? वे अल्लाह के प्रिय नबी हैं।"

"यानी अल्लाह भी पक्षपात करते हैं?"

"पक्षपात? क्या मतलब?"

"पक्षपात से मेरा मतलब है, उन्हें भी कोई प्रिय है, कोई प्रिय नहीं है।"

"अल्लाह की जो मर्जी होती है, वही करते हैं। जो जुबान अल्लाह की आलोचना करती है, वह जुबान दोजख की आग में जल जाएगी।"

"अच्छा? अल्लाह क्या स्वेच्छाचारी हैं? अपनी आलोचना सह नहीं पाते? मेरे बारे में भी तो लोग कितनी-कितनी फिजूल की बातें करते हैं–"

"अल्लाह के भला कान हैं क्या?"

"अरे, हाँ ऽ ऽ ऽ ऽ!"

"मुसलमान लोग इस क़िस्म का नाम कभी नहीं रखते। ऐसे नाम तो काफिर रखते हैं।"

"नाम के बीच, ये काफिर कहाँ से आ गए?"

"हाँ, ये सब तो हिंदुओं के नाम हैं।"

"हिंदुओं ने क्या ये नाम ख़रीद लिए हैं? ये सब बंगला नाम हैं।"

"एक ही बात है।"

"नहीं! एक ही बात नहीं है। मैं नाम के मामले में हिंदू-मुसलमान नहीं देखती। मैं नाम देखती हूँ! हम जिस भाषा में बातचीत करते हैं, नाम उस भाषा का है या नहीं, यह पता करती हूँ। अरबी नाम क्यों रखूँ, बताइए? महजबीन, यास्मीन, सलीम, अफज़ल–इन सबका क्या अर्थ है? इनका अर्थ क्या हम जानते हैं?"

"अर्थ भले न जानें, फिर भी...."

फिरदौसी मूड खराब किए, अपने घर में बैठी रहीं। उनके पति थे–भालू! भालू का भी मन विरस हो आया।

बेटियाँ स्कूल से लौट आयी थीं।

उन लोगों ने छूटते ही कहा, "अम्मू, हमारा नाम बदल दो। स्कूल की लड़कियाँ हमारा मज़ाक उड़ाती हैं।"

राजेश्वरी का चेहरा उतरा हुआ था, "आज मेरी क्लास में एक नये सर आये थे। मेरा नाम सुनकर, उन्होंने पूछा–"तुम्हारे नाम के साथ कोई पदवी नहीं है?" मैंने पूछा–"पदवी का मतलब?" सर ने जवाब दिया–"फर्ज़ करो, जैसे घोष, सेन, चट्टोपाध्याय या बंद्योपाध्याय, वगैरह"–यही सब पूछते रहे।"

भालू ने सिर हिलाया। समस्या उनकी समझ में आ गयी थी। लेकिन, इसका हल क्या है? बेटियों को अपने नाम की वजह से, स्कूल में कितनी-कितनी बातें सुनना पड़ती हैं! अपने नाम के शर्म की वजह से वे चेहरा छिपाये-छिपाये रहती हैं। लेकिन, ऐसा कैसे चलेगा?

उन्होंने फिरदौसी को अपने पास बुलाकर कहा, "क्यों, जी, बेटियों के नाम बदलना चाहोगी? उन लोगों को बाहर बेहद परेशानी हो रही है।"

"नाम बदल दूँ? तुम्हारा क्या दिमाग़ खराब हो गया है? तुम्हारे ही अब्बा-अम्मी ने अपने बेटों के नाम–टाइगर, बिअर रखे थे। इस बारे में अब किसी को कुछ कहने का हक़ है भला? तुम्हें लोग अभी भी 'बिअर' बुलाते हैं या उसकी हिंदी करके 'भालुक' बुलाते हैं। इससे क्या तुम बूँद भर भी परेशान होते हो? फर्ज़ करो, मेरा नाम 'भूती'

ही होता तो क्या तुम मुझे 'भूती' नाम से नहीं बुलाते? उन दिनों मुझे 'नीलिमा' के बजाए, 'भूती' नाम ही ज़्यादा प्यारा लगता था, क्योंकि यह मेरा अपना नाम था। बेटियों को तो कितने खूबसूरत नाम दिए गए हैं। असल में अच्छी चीजें, अच्छी बातें, समाज इतनी आसानी से ग्रहण नहीं कर पाता। कहावत है न, कुत्ते को घी हजम नहीं होता, बिल्कुल सही बात है। समाज अब तक अमीना, खदीजा, रहिमा, आयशा वगैरह नामों में ही डूबा हुआ था, अचानक राजेश्वरी, फुलेश्वरी वगैरह उसे क्यों बर्दाश्त होने लगा?''

फिरदौसी जन्मजात कलाकार! दिन भर पेड़ों की जड़-मूल बटोरती रहती थी और उनसे तरह-तरह के इनसानों के आकार-प्रकार तैयार करती थी। भालुक भी अरण्य-कला में मगन रहता था। इस दौरान वह एक सौ पैंतालिस बार सुंदरवन भी हो आया। बनैले पेड़ों और बनैले जीव-जंतुओं की खुशबू, अपने में भर लेने से उसका शरीर-मन बिल्कुल चंगा रहता था। कभी-कभी यार-दोस्त पकड़ में आ जाते थे, तो वह अपने ख़र्च पर उन लोगों को भी सुंदरवन की सैर करा लाता था।

''जिंदगी में अगर वन-जंगल की खुशबू और मज़ा नहीं लिया, तो क्या लिया? हम सब क्या सिर्फ खाने को पैदा हुए हैं?'' वह अक्सर कहा करता था।

भालुक के आमंत्रण पर यार-दोस्त भी दस-पंद्रह दिन सुंदरवन में गुज़ार आते थे। लेकिन उसके ये यार-दोस्त भी उसके 'भालुक' नाम पर हँसते थे। वह मन ही मन उदास हो जाता था!

''मेरा नाम, मोहम्मद नूरुल इस्लाम के बजाए, भालुक रखा गया, यही काफी भला है।'' वह भी साफ़ सुना देता था।

पिछले दिन भालुक की बहन को एक लड़की हुई है।

फिरदौसी ने मन ही मन तय कर डाला, वह उसका नाम—शुक्ला शकुंतला देगी।

वह भालुक को लेकर, उसकी बहन के घर, पुराना पलटन पहुँच गयी।

रास्ते में भालुक ने कहा, ''हम लोग वहाँ जा तो रहे हैं, मगर पुसी क्या राजी होगी?''

''राजी क्यों नहीं होगी? हम क्या कोई बुरा प्रस्ताव लेकर जा रहे हैं?''

''तुमने ठीक ही कहा। लेकिन प्रियभाषिणी, इसका भार हर कोई वहन नहीं कर सकता।''

''कोशिश तो करती ही हूँ। लोग कहते हैं, हम बंगाली हैं! लेकिन कितने-से बंगाली हैं हम, बताओ तो? हमारे नाम ही अगर भिन्न देश के हों, तो हम अपने को बंगाली कहकर, गर्व क्यों करते हैं?''

''मेरे दो-एक वज्र-बंगाली दोस्तों का कहना है कि नाम से कहीं ज़्यादा काम ही असली है।''

''जो लोग बंगला नाम ही ग्रहण नहीं कर पाते उनसे कोई काम होगा, मुझे नहीं लगता।''

वे दोनों, दो हँड़िया मिठाई लेकर बहन के यहाँ उतरे, पूसी अपनी बेटी को गोद में लिए, उदास-उदास बैठी थी। भाई-भाभी को देखकर, उसकी आँखों में खुशी के आँसू आ गये।

भालुक ने पूसी के माथे पर हाथ फेरते हुए कहा, ''तेरी बेटी के लिए हम खूबसूरत सा नाम लाये हैं।''

''नाम? हाँ! नाम! इसका नाम तो रखा जा चुका है।''

''कौन-सा नाम रखा?''

''मोहसिना मफरूहा फातिमा।''

''यह नाम किसने रखा?''

''उसके अब्बा ने!''

''इसका मतलब क्या होता है?''

''पता नहीं! उन्होंने कुरान शरीफ देखकर नाम रखा है।''

''छोड़ो! इन सब नामों का कोई मतलब नहीं होता। सुनो, मैं जो नाम दे रही हूँ, वही रखना—शुक्ला शकुंतला!''

पूसी ने जुबान काटते हुए कहा, ''छिः-छिः यह तो हिंदू नाम है! मैं नहीं रखूँगी यह नाम!''

''फिरदौसी का कहना मानकर, मेरी सास तो जिंदगी भर मुझे हिंदू लड़की ही कहती रहीं। लोगों का कहना है कि चूँकि मैं माथे पर बिंदी लगाती हूँ, इसलिए मैं हिंदू हूँ। अब, अगर इन बंगला नामों को भी हिंदू नाम कहकर, दरकिनार कर दो, तो बंगला और बंगालीपन—सारा कुछ हिंदुओं के दख़ल में चला जाएगा। कभी इस बारे में भी सोचा है? ये शब्द...ये नाम, हमारे भी तो हैं। अपने को ही लो। यह जो इनसान अपनी संस्कृति छोड़कर, सऊदी संस्कृति के पीछे दौड़ रहा है, इससे क्या होगा, मालूम है? इसमें से कुछ भी अर्जित नहीं होगा।''

''क्यों इस्लामी कल्चर तो लगभग आ ही जाता है।''

''इस्लामी कल्चर आया, तो इस्लाम कानून भी आ पहुँचेगा। अगर आ गया, तो तुम्हारा दामाद, जो डटकर घूस लेता है, उसके लिए घूस लेना हराम हो जाएगा। इसके बाद अगर वह घूस लेगा, तो हाथ कटवाना होगा। देखना, तुम्हारा दामाद ही यह कानून नहीं चाहेगा।''

''तुम्हारी ये कड़ी-कड़ी बातें मुझे बिल्कुल समझ में नहीं आतीं।''

पूसी ने सच ही नहीं समझा। शुक्ला शकुंतला नाम सुनकर, पूसी का पति

भी सिर पकड़कर बैठ गया।

जब उसका सिर चकराना थमा, तो उसने कहा, "आप लोग हिंदूपन का इतना राग क्यों अलापते हैं! मेरे घर में यह सब नहीं चलेगा।"

जो शख्स अपनी बीवी को बुर्का नामक चादर में लपेटे रखता है, वह अपनी बेटी का कोई खूबसूरत-सा नाम रखेगा, ऐसा तो नहीं होता।

भालुक ने कहा, "चलो, प्रियभाषिणी, चलें।"

"हाँ, चलो!" फिरदौसी ने कहा!

फिरदौसी के घर ऐसा था, जहाँ यार-दोस्तों की भीड़ लगी ही रहती थी। रात नौ बजे के करीब अनिल गुप्ता आ पहुँचे। फिरदौसी ने जड़ों से जो कागज तैयार किया था, वे मुग्ध भाव से उसे निहारते रहे। राजेश्वरी उनके लिए चाय ले आयी।

चाय पीते-पीते उन्होंने कहा, "आपकी बेटी तो देखते ही देखते बड़ी होती जा रही है...."

"हाँ, हो तो रही है।"

"बड़की तो एकदम से ब्याह-लायक हो गयी है।"

"ब्याह की भला, कोई उम्र होती है? कोई चौदह की उम्र में करता है, कोई चालीस की उम्र में।"

"आपने क्या तय किया है? बेटियों का विवाह किस-किसके साथ करेंगी?"

"किस-किस से मतलब?"

"इंजीनियर या डॉक्टर....?"

"भई, बेटी जिसे पसंद करेगी, उससे विवाह करेगी! वैसे मैंने अपनी बेटी से कह रखा है कि विवाह चाहे जिससे भी करो, वह शख्स विशुद्ध बंगाली होना चाहिए।"

"हिंदू को?"

"क्यों? हिंदू क्यों होने लगा? मुसलमान भी हो सकता है? ईसाई या बौद्ध भी हो सकता है। यह भी हो सकता है कि वह किसी ऐसे शख्स से विवाह करे, जो कोई भी धर्म न मानता हो। लेकिन लड़की चूँकि बंगाली है, इसलिए बंगाली से ही विवाह करना बेहतर होगा। आधा बंगाली, आधा अरब, आधा पंजाबी–ऐसा नहीं चलेगा।"

"अच्छा, एक बात तो बताएँ, आपकी बेटी के नाम के साथ कोई पदवी क्यों नहीं है? मसलन, हममें गुप्ता, सेन, चट्टोपाध्याय, सरकार, घोष, गोस्वामी वगैरह पदवी का प्रचलन है। आप लोगों में इस्लाम, रहमान, अली, सैयद वगैरह है।"

"पदवी की क्या जरूरत है? इनसान अपने परिचय से बड़ा बने, महान् बने। चैटर्जी, ब्राह्मण हैं; पाल, शूद्र हैं यानी बड़ी या छोटी जात समझाने के लिए ही तो पदवी लगाते हैं। इनसान...सच्चे इनसान की कोई जाति नहीं होती, अनिल बाबू! मेरी बेटियाँ इनसान हैं, यही बहुत बड़ी बात है! मुसलमानों में सैयद, मियाँ...ये लोग

ही ऊँचे खानदान के माने जाते हैं। पदवी का मतलब ही है बड़ी-छोटी जात समझाना! इस्लाम, रहमान, अली—यह सब अरबों का नाम हुआ करता था। हम तो अरब नहीं हैं। हम सब बंगाली हैं।''

चाय की प्याली मेज़ पर रखते हुए, अनिल गुप्ता हँस पड़े, ''आप चाहे जो भी कहें, भाभी जी। आपने बेटियों को हमारा ही नाम दिया है।''

''आप लोगों का नाम? मतलब?''

''मतलब हिंदू नाम!''

''आपने गलत कहा, अनिल बाबू ये सब हमारे नाम हैं। हम सब बंगाली हैं। धर्म अपना-अपना निजी मामला है।''

पता नहीं अनिल बाबू ने इसका क्या मतलब लगाया। वे विदा लेकर चले गये। भालुक के इंतज़ार में फिरदौसी की आँखें दरवाज़े पर लगी रहीं। एकमात्र भालुक ही उसे बिल्कुल सही-सही समझते हैं।

फुलेश्वरी अरबी भाषा में फेल हो गयी। अरबी सर ने बिल्कुल नंबर ही नहीं दिए।

सर ने कहा, ''तू तो निरी हिंदू है। अरबी में तुझे नंबर नहीं मिलना चाहिए।''

रात को तकिए में मुँह गड़ाए-गड़ाए, फिरदौसी रोती रही।

भालुक ने उसके बालों में उँगलियाँ फिराते हुए उसे तसल्ली दी, ''फेल हो गयी, तो हो जाने दो। यह कोई अंग्रेजी या गणित में तो फेल होना नहीं है।''

''चलो मान लिया कि यह कोई ख़ास बात नहीं है। लेकिन मैं पूछती हूँ कि अरबी पढ़ना उसके लिए क्यों जरूरी है? यह भाषा सीखने की उसे जरूरत क्या है?''

''अब क्या उपाय, बताओ? धर्म पढ़ना तो अनिवार्य कर दिया गया है।''

''सुनो, मेरा तो कहना है, धर्म नाम का विषय, किसी भी सभ्य देश के स्कूलों में पढ़ाया ही नहीं जाना चाहिए। धर्म नितांत व्यक्तिगत मामला है। लेकिन, देखो, यहाँ के विद्यार्थियों को ज़ोर-जबर्दस्ती धर्म की घुट्टी पिलायी जाती है। अगर फुलेश्वरी नाम हो, तो इम्तहान में नंबर कम दिए जाते हैं। हम सब यह देख-सुनकर भी क्या आँखें बंद किए रहेंगे, भालुक?''

''लगता है, जिंदगी भर के लिए वन-जंगल में चले जाने का, अब वक्त आ गया है।''

काफी, काफी दिनों बाद, फिरदौसी भालुक के सीने में अपनी ठुड्डी गड़ाए, आँखें मींचे पड़ी रही।

उसने लंबी-सी उसाँस भरकर कहा, ''यह समाज नष्ट होता जा रहा है। चलो, हम इसका सुधार-संस्कार करें। वन-जंगल तो हमारा अपना है। वह तो सही-सलामत है; और हमारे साथ है।''

वह जो एक दोस्त है–तसलीमा नसरीन

तसलीमा नसरीन का साक्षात्कार लेने का मेरा कोई इरादा नहीं था। दरअसल तसलीमा पर इतना कुछ लिखा जा चुका है, लिखा जा रहा है कि अलग से, उसका साक्षात्कार लेना, बातों को दोहराना होता। लेकिन ज़्यादातर वक्त उसके साथ रहते हुए, उसके व्यक्तित्व की टुकड़ों-टुकड़ों में झलक ने मुझे अभिभूत कर दिया। अक्सर ऐसा होता है न, कभी-कभी समूची ज़िंदगी साथ रहो, कोई ख़ास बात नहीं लगती, कभी-कभी टुकड़े-टुकड़े झलक, समूचा व्यक्तित्व, आँखों के आगे उजागर कर देती है! तसलीमा का साथ, यह बिल्कुल जाहिर नहीं होता कि हम किसी अंतर्राष्ट्रीय ख्यातिप्राप्त लेखिका से मिल रहे हैं, लगता है हम पड़ोस की किसी लड़की से गपशप कर रहे हैं।

14 जनवरी, 04 को तसलीमा ने कलकत्ते की ज़मीन पर क़दम रखा। 18 जनवरी को मेरी उससे फोन पर बात हुई। हैरत है! ज़बर्दस्त याददाश्त है! आवाज़ सुनते ही, वह पहचान गई।

"मैं बिल्कुल ठीक नहीं हूँ। अन्नदा शंकर, सुभाष मुखोपाध्याय चले गए। एक-एक करके सभी मुझे छोड़कर जा रहे हैं। मेरे लिए एक धक्का था, अपने देश का छूट जाना। अब...जो लोग मुझे प्यार करते थे, मेरे सिर पर छाँव थे, वे सभी एक-एक करके मुझे छोड़कर जा रहे हैं..."

"..........." मैं चुप!

मौत इसी तरह अपनों को झपट ले जाती है और आदमी निरुपाय खड़ा बस, देखता रहता है और अंदर ही अंदर अकेला होता जाता है। बंगलादेशी कट्टरवादियों ने उससे, उसकी कलम छीनने की कोशिश में, उसका देश छीन लिया; माँ-बाप ने उसे देखे बिना दम तोड़ दिया यानी मौत ने उससे, उनके माँ-बाप छीन लिए। अब मौत, भारत में बसे, उसके अपने लोगों को भी छीनती जा रही है। बौखलाई-घबराई तसलीमा का दर्द एक जुमले में उभरता है–"आमी भालो नेइ, सुशील, मैं बिल्कुल ठीक नहीं हूँ।"

इस दर्द को तसल्ली देने लायक शब्द मेरे पास नहीं थे। पता नहीं, मेरी ख़ामोशी

में उमड़ते हज़ारहा जुमले और आवेग, उस तक पहुँचे या नहीं।

"तुम आओगी नहीं? आ जाओ न!" पिछली बार की महज चंद मिनटों की जान-पहचान का सूत थामे, तसलीमा ने इसरार किया।

"नहीं, तुम अभी-अभी आई हो, पहले उन तमाम लोगों से मिल लो। अभी तो तुम अत्यंत व्यस्त हो। तुम्हें थोड़ी फुर्सत मिल जाए, तब मैं आऊँगी।"

"तुम मेरी अपनी नहीं हो? कभी भी चली आओ, जी! यूँ तो यह समूचा कलकत्ता शहर ही अपना लगता है। यहाँ के लोग मुझे इतना प्यार जो करते हैं। तुम आ जाओ, कभी भी आ जाओ!"

काश, इनसान के पास कोई ऐसी जादू-काठी होती कि वह शुभ को चुन लेता और अशुभ को झटककर, अपने से अलग कर देता। तसलीमा के संदर्भ में, मेरे लिए अशुभ थी, मेरी झिझक! मेरी शर्मिंदगी! 'द्विखंडित' का हिंदी अनुवाद बिल्कुल तैयार है, इस बीच पश्चिम बंगाल सरकार की तरफ से उस पर प्रतिबंध लगा दिया गया। अब, यह प्रतिबंध लगाना सही है या गलत, बिल्कुल अलग बात है। शहर कलकत्ता और समूचे भारत की अवाम 'वाक्-स्वाधीनता' के पक्ष में आवाज़ बुलंद कर रही है, यह भी अलग मुद्दा है। आम लोगों की इच्छा-अनिच्छा दरकिनार करके, चंद मौकापरस्त लोगों के सुझाव पर, पश्चिम बंगाल की प्रगतिशील सीपीएम सरकार ने 'द्विखंडित' के कुछ अंशों पर पाबंदी ठोंक दी। बहरहाल, कानून का उल्लंघन, कोई भी शरीफ नागरिक नहीं करता। 'द्विखंडित' का हिंदी प्रकाशन रोक दिया गया है। लेकिन, औरों की तरह ही, मैं भी शर्मिंदा हूँ कि मेरे देश की प्रगतिशील सरकार ने कट्टरवाद के खिलाफ उठी हुई आवाज़ का गला घोंट दिया है। मुझे उनसे मिलकर, यह क़बूल करने में झिझक हो रही थी कि 'द्विखंडित' का प्रकाशन रोक दिया गया है।

इसी कशमकश में कई दिन और गुज़र गए।

दिल्ली से वाणी प्रकाशन के अरुण माहेश्वरी आ पहुँचे। उनका तसलीमा से मिलना तय हो गया। निर्धारित समय पर हम उसके होटल पहुँच गए। पता चला, वह कहीं बाहर निकली है। इस ख़बर पर मन कहीं से नाखुश हुआ। समय देकर, न मिलना, ग़लत बात है। अचानक मेरा मोबाइल बज उठा।

"सुनो, आइ एम सॉरी! उत्तम मंच में रवींद्र संगीत के गायक सुविमल राय और अमल नाग के कार्यक्रम में आना पड़ा। आयोजक आए और यहाँ खींच लाए—बस, वहीं रुको, बस, मैं पहुँच रही हूँ।"

पाँच मिनट में तसलीमा आ पहुँची!

लेकिन, सामने से जो औरत लकदक चली आ रही है, वह कौन है? तसलीमा तो हरगिज नहीं! यह तो बिल्कुल छरहरी, स्मार्ट, आत्मविश्वास से भरपूर, कोई औरत है, जो शान से सिर उठाये चली आ रही है। लेकिन, उसके कॉन्वाय और साथ-साथ

जूते टकटकाती पुलिस, मित्रों और भक्तों के हुजूम ने यह स्पष्ट कर दिया कि वह तसलीमा ही है। हम भी उसके पीछे-पीछे, उसके कमरे की ओर चल पड़े।

अपने कमरे में पहुँचकर भी वह किसी से बातों में उलझी रही, ''देखो, कानून, कानून होता है। मैं भारत सरकार या पश्चिम बंगाल सरकार के किसी भी फैसले के खिलाफ़ नहीं जाऊँगी। वाक्-स्वाधीनता के पक्ष में, अपनी माँग मैं दुहराती रहूँगी, अपनी लड़ाई भी लड़ती रहूँगी, समझौता हरगिज नहीं करूँगी, मगर कानून के खिलाफ भी नहीं जाऊँगी। हाँ, मुझे खुशी होती, अगर 'द्विखंडित' के अंशों पर पाबन्दी न लगाकर, इसे जनता के फैसले पर छोड़ दिया जाता।''

मैंने तसलीमा के विवेक और पुख़्तगी को सलाम किया।

अब वह हम दोनों की ओर मुखातिब हुई।

अरुण और मैं चुप हैं!

''क्यों, जनाब, आप दोनों मुझसे सहमत हैं या नहीं?''

''हम भी यही कहने आये हैं। 'द्विखंडित' पर जब तक कोई फैसला नहीं हो जाता...तब तक...'' मैंने अधूरा-सा जुमला कहा।

''तब तक 'द्विखंडित' के प्रकाशन का सवाल ही नहीं उठता, यही न? ऐसा करो...अगर तुम चाहो, तो मेरी आत्मकथा के अगले खंड—'शेइ सब अंधकार' पर काम शुरू कर दो। वह किताब बंगाल में भी अभी रिलीज़ नहीं हुई, मगर मैं स्क्रिप्ट दिलाने का इंतज़ाम किए देती हूँ...''

हमें उम्मीद नहीं थी कि 'द्विखंडित' बाद देकर—'वे सब अँधेरे' के प्रकाशन के लिए वह राजी होगी। तसलीमा ने उसी वक्त अपने बांग्ला प्रकाशक को फोन करके, अगले दिन स्क्रिप्ट पहुँचा देने की हिदायत दे डाली।

''उत्तम मंच में रवींद्र संगीत के गायक सुविमल राय और अमल नाग के कार्यक्रम में अजीब-सी बात हो गई—'' अचानक तसलीमा ने बेहद सहज, मगर रुक्ष अंदाज में कहा, ''आयोजक ने मुझे भी रवींद्रनाथ की तस्वीर पर फूल चढ़ाकर, अपनी श्रद्धांजलि अर्पित करने का मौका दिया। अचानक दर्शकों में से किसी ने मुझे रोक दिया—ये फूल नहीं चढ़ा सकतीं, क्योंकि ये शर्ट-पैंट में हैं, प्रॉपर्ली ड्रेस्ड नहीं हैं।'' एकदम से खुसफुस शुरू हो गई। लोगों में तकरार की नौबत आ पहुँची। मैंने सबको रोकते हुए कहा—''श्रद्धा मेरे मन में है। आप लोग यह श्रद्धा तो मेरे मन से नहीं निकाल सकते। वैसे आप लोग अगर यह चाहते हैं कि मैं श्रद्धांजलि न दूँ, तो ठीक है। मैं आप लोगों से विदा लेती हूँ। अजीब बात है! लोग किसी तरह भी संतुष्ट नहीं। किताब पर पाबंदी लगाई, फतवा जारी हुआ। अब 'ड्रेस' भी सेंसर कर रहे हैं। शर्ट-पैंट पहनकर फूल चढ़ाने से, क्या रवींद्रनाथ का असम्मान हो गया?''

मैं भी अचकचा गई। शहर कलकत्ता तो कभी ऐसा बेदिल नहीं था। इतना बेअदब भी नहीं था।

तसलीमा के चेहरे पर तैरती उदास मुस्कान ने, हम दोनों को अपने में समेट लिया। यह हम किस देश...किसी सदी में रह रहे हैं? जहाँ औरत की ड्रेस पर भी सवाल उठाया जाता है? जिसे इसलिए ख़ारिज कर दिया जाता है कि वह 'प्रॉपर्ली ड्रेस्ड' नहीं है। काश, रवींद्रनाथ भी पल भर के लिए महात्मा कबीर हो जाते, उनकी तसवीर फूल बन जाती। कुछ फूलों पर, तथाकथित 'प्रॉपर्ली ड्रेस्ड' लोग श्रद्धा ज्ञापित करते। कुछ फूल उनकी श्रद्धा क़बूल करते, जो समाज के तथाकथित ठेकेदारों की नज़र में 'प्रॉपर्ली ड्रेस्ड' नहीं हैं।

''चलो, अब मैंने तय कर लिया, इस बार मैं साड़ी पहनूँगी ही नहीं।''

''अच्छा, छोड़ो, कलकत्ता पुस्तक मेले में जा रही हो?'' मैंने प्रसंग बदलने की कोशिश की।

''क्यों? जाऊँगी क्यों नहीं? जरूर जाऊँगी! पुस्तक मेले में घूमना, मुझे जुनून की हद तक प्रिय है। मैं किसी धर्म में विश्वास नहीं करती, धार्मिक अनुष्ठानों से भी अपने को हमेशा दूर रखा। मेरे लिए उत्सव-समारोह तो बस, एक ही है—पुस्तक मेला!''

''मगर वह जो तुम्हारे खिलाफ़ आंदोलन चलाया जा रहा है? तुम्हारा पुतला फूँका गया और ऐलान किया गया है कि तुम्हें 'पुस्तक मेले' में क़दम नहीं रखने देंगे?'' मैंने पूछा है।

''आज का अख़बार तुमने देखा है? इसी शहर के किन्हीं इमाम जनाब ने मेरे नाम फतवा भी जारी किया है कि जो भी शख़्स मेरे मुँह पर कालिख पोतकर, मुझे जूतों की माला पहनाएगा, उसे बीस हज़ार रुपये इनाम दिये जायेंगे।''

''फिर....?''

''फिर क्या? मैं जाऊँगी ही जाऊँगी। किताबों की दुनिया में, मेरे लिए कोई भी 'नो एण्ट्री' नहीं लगा सकता और अगर यूँ मौत भी आती है, तो आए, किताबों के बिस्तर पर, किताबों के तकिये पर किताबें ओढ़कर—मौत को गले लगा लूँगी। बुज़दिल की तरह जीने से कहीं बेहतर है, बहादुरी और साहस के साथ, कलम थामे हुए मरूँ।'' थोड़ा ठहरकर, वह परेशान लहजे में पूछती है, ''पुस्तक मेले में चैन से घूम तो सकूँगी न?''

काफी देर तक हमारी बातचीत चलती रही। इस दौरान तसलीमा के सैकड़ों फोन। कई-कई टीवी चैनलों से उसके इंटरव्यू के लिए आए हुए लोग! खुद उठ-उठकर सबके लिए चाय बनाती हुई तसलीमा! लोगों को कुछ-कुछ खिलाती हुई तसलीमा! कमरे में चारों तरफ बिखरी किताबें! मेजों पर फूल और भेंट की गई किताबों का ढेर!

''ये मेरे बड़े भाई हैं—नोमान! ये मेरी खाला हैं और ये मेरे मामा! मैं ढाका जा नहीं सकती, सो ये लोग ही आ गए हैं। होटल में भी घर का परिवेश बन गया है। पता है, नोमान भाई मेरे लिए टिफिन-कैरियर भरकर, बंगलादेश से मेरे लिए,

मेरा प्रिय खाना लाए हैं–रूही मच्छी, पारसे मच्छी और मयमनसिंह की मिठाई। उफ! कित्ते-कित्ते दिनों बाद, वहाँ का खाना नसीब हुआ है।''

''...........''

''ढाका बंगलादेश के बिल्कुल क़रीब है! वर्षों से अपनों से दूर, निर्वासन में वक्त गुज़ार रही हूँ। बेतरह उदासी आती है। कलकत्ता आती हूँ, तो ये लोग भी आ जाते हैं और सबको देखकर मन को कहीं चैन आ जाता है। विदेश में जब मन डूबने लगता है, मैं कलकत्ता को याद करती हूँ। अपनों को याद करती हूँ। पता नहीं, यह निर्वासन कब टूटेगा! टूटेगा भी या नहीं।''

आज मेरे ख़ामोश रहने की बारी थी शायद! इन सब दर्दभरी उसाँसों के लिए, मेरे पास सच ही कोई तसल्ली नहीं थी।

''अच्छा, चलूँ, दोस्त...'' मैंने बमुश्किल कहा।

तसलीमा एकदम से अपनी जगह से उठ आई और उसने मेरी हथेली थामकर कहा, ''याद रहेगा न, तुमने मुझे दोस्त कहा है? अब से हम दोस्त हुए!''

कमरे से बाहर निकलते-निकलते उसने अधिकारभरी पहली हिदायत दी, ''घर पहुँचकर, एक टा फोन कोरबा!'' अचानक वह हँस पड़ी, ''लो, मैं तो पूर्वी बंगाल की भाषा बोलने लगी। असल में, जब मैं खुश होती हूँ और किसी बात से भरी-भरी होती हूँ, फटाफट 'पूर्वी बंगाल' की भाषा पर उतर आती हूँ।''

''तो हिंदी सीख लो न!''

''हिंदी? अभी ही तो एक शब्द सीख लिया–दोस्त! दोस्ती सीख ली, मतलब सब सीख लिया।....और, हाँ, सुनो, 'बुक-फेयर' हम साथ-साथ चलेंगे।''

''सकल गृह खो गया जिसका–'' वही तसलीमा नसरीन पुस्तक मेला के अहाते के चप्पे-चप्पे में मौजूद! शुरू दिन से ही, पुस्तक मेला अहाते की घास की फुनगी-फुनगी पर तसलीमा की अदृश्य उपस्थिति! इमाम के फतवे, सरकारी नियमों की रोक-टोक, समाज की नज़रों में वह 'नष्ट लड़की'! इन सबके बावजूद बिंदास घूमती रही! पुस्तक मेले के आयोजकों ने सरकारी तौर पर तसलीमा को आमंत्रित नहीं किया है। किसी भी सेमिनार में वक्ताओं की फेहरिश्त में उसका नाम नहीं है, फिर भी मैदान में आते-जाते लाखों-लाखों लोगों की जुबान पर तसलीमा का नाम! जिस राज्य के विभिन्न तबकों में तसलीमा के खिलाफ तर्क-वितर्कों का बाज़ार गर्म है, उसी राज्य की आम जनता की भीड़ में घूमती-फिरती तसलीमा!

तसलीमा बताती रही...ढाका का पुस्तक मेला तसलीमा को बेहद प्रिय था। वह आम पाठिका के वेश में पुस्तक मेले में गुम हो जाया करती थी। खूब-खूब घूमती थी। अचानक सारा कुछ उलट गया। ढाका की सड़कों पर तसलीमा के विरोध में आवाज़ें गूँज उठीं। पुस्तक मेले में भी! वहाँ के समाज के ठेकेदारों ने हंगामा मचा दिया। कट्टरवादी तसलीमा की जान के प्यासे हो उठे और पुस्तक मेले तक आने

पर भी पाबंदी लगा दी। कलकत्ता क्या ढाका से बहुत ज़्यादा आगे है? बहरहाल, मेले में उमड़ी भीड़ हर पल उस स्टॉल को ढूँढ़ती हुई, जिसने तसलीमा की आत्मकथा का चौथा खंड—'वे सब अँधेरे' प्रकाशित किया है। पुलिस के लिए सबसे बड़ा सिर-दर्द, तसलीमा की सुरक्षा! सैकड़ों निषेध की लक्ष्मणरेखा लाँघकर, अपनी जान का जोखिम उठाकर, तसलीमा ने यह साबित कर दिया है कि वह कलकत्ता को बेहद प्यार करती है, जैसा वह अक्सर कहती रही है। पता नहीं, हम बंगालवासी, उसके इस असीम प्यार का कितना मोल चुका पाए हैं।

पुस्तक मेला के दौरान, मैं तसलीमा के प्रकाशक के स्टॉल पर पहुँची हूँ। उसकी किताब के ख़रीदारों की काफी दूर तक लंबी क़तार! करीब हज़ार लोग, धूप में तपते हुए, कतार में खड़े। आस-पास पुलिस की पहरेदारी! स्टॉल का कोलैप्सेबल गेट अंदर से बंद! गेट के पीछे, स्टॉल के अंदर तसलीमा बैठी हुई; किताबों पर ऑटोग्राफ देती हुई! गेट खुल जाता, दस लोग अंदर जाते, गेट बंद हो जाता! किताब ख़रीदकर, उन पर ऑटोग्राफ लेकर, दस लोग बाहर आ जाते! फिर दस लोग अंदर! अंदर भी पुलिस! मैंने गेट के बाहर से झाँका! अचानक तसलीमा की नज़र मुझ पर पड़ी।

"आओ, दोस्त, अंदर आ जाओ।"

पुलिस ने गेट खोल दिया। तसलीमा एक मूढ़ा मँगाकर, मुझे अपनी बगल में बिठा लेती है। तसलीमा किताबों पर ऑटोग्राफ करती रहती है।

"दीदी, मैं आपकी भक्त पाठिका हूँ। आप जो लिखती हैं, वह सब हम लोगों के ही दुःख-दर्द की कथा है। आप हिम्मत मत हारें, बिल्कुल न घबराएँ! हम सब आपके साथ हैं!" किसी पाठिका ने विनम्र लहजे में हिम्मत बँधाई है!

"दीदी, मैं बर्दवान से आया हूँ! ट्रेन से! आपकी बातें दिल में गहरे उतर जाती हैं। आप अकेली नहीं हैं। दीदी! हम सब आपके साथ हैं!" किसी नौजवान की आवाज़ है!

"बेटी, मैं गौहाटी से आया हूँ! सिर्फ तुम्हें देखने! मुझे तो अभी भी भरोसा नहीं हो रहा है कि तुमसे मिल रहा हूँ। तुमसे बात कर रहा हूँ! चिंता न करना, बिटिया, सच बोल पड़ो, तो ज़हर पीना ही पड़ता है। बड़े-बड़े कामों में बाधा आती ही है! तुम हारना मत!" लगभग अस्सी साल का बूढ़ा उसे ताकत दे रहा है।

"एक आप ही हैं, जो हमारी बात करती हैं! आपकी किताबें, हमें बड़ी हिम्मत बँधाती हैं।" किसी गृहिणी ने कहा।

तसलीमा की किताबें ख़रीदने वालों का ताँता थमता नज़र नहीं आता। पुस्तक मेले का समय ख़त्म हो जाता है, मगर तसलीमा के भक्तों की भीड़ ही नहीं छँटती। तसलीमा उनसे बातें करते-करते, सबको ऑटोग्राफ देते-देते थकती ही नहीं! हर दिन पुस्तक मेले का वक्त शुरू होते ही, तसलीमा मेले में हाज़िर! मेले का वक़्त ख़त्म होने पर, अगले दिन आने का ढेर-ढेर उत्साह लिए, तसलीमा मेले से रुख़्सत होती

है। पुस्तक मेले में सर्वाधिक बिकने वाली 10 पुस्तकों में, तसलीमा का–'शेइ सब अंधकार' सरे फेहरिश्त!

"पता है, ये आम लोग ही मेरे सच्चे पाठक हैं! जब तक ये पाठक हैं, तसलीमा हारेगी नहीं, लिखती रहेगी। मुझे खुद कभी नहीं लगा कि मैंने कोई बड़ी बात की है। लेकिन, जब इतने-इतने पाठक, मेरे लेखन में अपनी कथा-व्यथा महसूस करते हैं, तो मुझे लगता है, मैं अकारथ नहीं हुई। मैं असंख्य-असंख्य पाठकों तक पहुँच रही हूँ।" तसलीमा होटल वापसी की राह में कहती हैं।

"..........."

"नहीं, मैं कोई धर्म नहीं मानती। मैं तथाकथित ऊँचे तबकों को भी नहीं मानती। मेरा धर्म मानवता है। मैं न नारीवादी हूँ, न बौद्धिक! समाज की नाइंसाफी, औरत-मर्द में विषमता, पुरुष-शासित समाज में औरत को दूसरे दर्ज़े से भी बदतर नागरिक बनाए जाने से मेरा जी दुखता है।"

होटल पहुँचकर, तसलीमा के इंतज़ार में बैठे मेहमान, मित्र, पत्रकार, टीवी चैनलों के अधिकारी, कैमरामैन, फोटोग्राफर, छोटा या बड़ा इंटरव्यू लेनेवालों का मजमा! तसलीमा सबके लिए चाय बनाने, कुछ-कुछ खिलाने में व्यस्त! बड़े भाई, नोमान की स्वास्थ्य के प्रति लापरवाही पर डाँटने में व्यस्त! थोड़ी देर पहले तक नज़र आनेवाली साहसी, जीवट, गंभीर, बोल्ड तसलीमा कहीं गुम हो जाती है और कोई निहायत घरेलू गृहिणी प्रकट हो जाती है!

अगले दिन, तय कार्यक्रम के मुताबिक हम मूर्धन्य लेखिका महाश्वेता जी के यहाँ पहुँचते हैं। रास्ते भर तसलीमा, महाश्वेता जी के बारे में बातें करती रहती है। उनका विशाल साहित्य, उनका तजुर्बा, उनका व्यक्तित्व, उनकी निर्भीकता, उनकी ममता, वाक्-स्वाधीनता पर बंदिश लगाये जाने पर उनका क्षोभ–इन सबके आगे, तसलीमा विनत है! महाश्वेता जी के घर पहुँचते ही, महाश्वेता जी ने उसका माथा चूमकर, उसका स्वागत किया है। कमरे में उनकी बहनें, बहन की बेटी, कुछ देर बाद, उनका बेटा, नवारुण भट्टाचार्य आ जुटे हैं। तसलीमा, महाश्वेता जी के लिए पर्स लाई है। महाश्वेता जी उसे एक साड़ी देती हैं। ढाका, कलकत्ता, पूर्वी बंगाल, पश्चिम बंगाल, मयमनसिंह, दोनों लेखिकाओं का बचपन, 'द्विखंडित' पर पाबंदी, वाक्-स्वाधीनता पर बंदिशें वगैरह पर बातचीत का लंबा सिलसिला, देर तक चलता रहा! नहीं, ऐसा घरेलू, अंतरंग माहौल! गपशप की मजलिस! यह बिल्कुल नहीं लगा कि तसलीमा मेहमान है या पराई है!

अगले दिन सुबह तसलीमा, निखिल सरकार के यहाँ गई। वे कैंसर के शिकार हैं। तसलीमा जब से आई है, प्रायः हर रोज़ ही वहाँ जाती है। तसलीमा के बहुत सारे अपने खो गए हैं। पितृतुल्य निखिल सरकार से अपना सुख-दुःख कहकर, वह अपने माथे पर मानों छाँह महसूस करती है।

एक और व्यक्ति हैं—शिवनारायण राय! उसके शुभचिंतक! दोनों ही कलकत्ता में तसलीमा के विरुद्ध फतवा जारी किए जाने पर चिंतित हैं। इस शहर में टीपू सुलतान मस्जिद के इमाम ने प्रेस कॉन्फ्रेंस बुलाकर, यह होशियारी दी है कि तसलीमा ने अगर हफ़्ते भर में कलकत्ता नहीं छोड़ा, तो नतीजा भयंकर होगा।

शिवनारायण राय ने मंतव्य दिया है, "अगर बुद्धदेव सरकार ने 'द्विखंडित' के अंशों पर पाबंदी नहीं लगाई होती, तो ये इमाम फतवा जारी करने का दुःसाहस कभी न करते। बुद्धदेव बाबू को इन फ़तवेबाज़ों को रोकना चाहिए। वर्ना इन इमामों की हिम्मत बढ़ेगी और हमारे लिए यह डूब मरने की बात होगी।"

ऐसे ही एक शाम, मैं धीमे से कहती हूँ, "प्रतिध्वनि के स्टॉल पर चलना है। वे लोग तुम्हारा इंतज़ार कर रहे हैं—"

"तो चलो न!" वह ठुमककर उठ खड़ी होती है!

स्टॉल के गेट से बाहर निकलते ही इंतजार में खड़ी ख़रीदारों की क़तार एकदम से हल्ला बोल देती है—"हम घंटों से खड़े हैं, दीदी, आपके एक ऑटोग्राफ के लिए इंतजार कर रहे हैं, आप हम लोगों को निराश कर देंगी?" तसलीमा लौट आती है, फिर किताबों पर दस्तख़त करने में जुट जाती है। थोड़ी देर बाद वह फिर उठ खड़ी होती है। बमुश्किल स्टॉल से बाहर निकलती है। अगल-बगल पुलिस का हुजूम, पीछे लोगों का हुजूम। हम 'प्रतिध्वनि' पहुँचते हैं! तसलीमा नवल भाई और इंदु से बातों में मगन हो जाती है। बाहर इस क़दर भीड़ उमड़ी हुई कि लोहे का गेट बंद करना पड़ता है। अब बाहर निकलना मुश्किल! बहरहाल, धक्कामुक्की करते-खाते, हम बाहर निकलते हैं!

"दोस्त, चलो, आज मेला घूमें—"

"पागल हुई हो? पीछे उमड़ती भीड़ देख रही हो?"

"तो क्या हुआ! चलो न, सारे स्टॉल देखें, मेला घूमें, सबसे मिलें—"

उसके बाद, आगे-आगे तसलीमा और मैं, अगल-बगल पुलिस का झुंड, पीछे विशाल भीड़, साथ-साथ चलती-दौड़ती हुई! 'तसलीमा-क्रेज़' देखकर, मैं अचम्भित! इससे पहले, न मैंने इतनी तादाद में किसी की किताब बिकते देखी है, न किसी हीरो-हीरोइन के भी पीछे, ऐसी पगलाई भीड़ देखी थी। तसलीमा वहाँ सैकड़ों दुकानों पर बेलौस घूमती रहीं, सबके सकुशल-समाचार लेती रहीं।

तसलीमा की जुबान पर एक जुमला आम है। चाहे वह फोन पर किसी से बात कर रही हो या किसी से विदा ले रही हो, उसका आखिरी जुमला होता है—'भालो थाकबेन' यानी राजी-खुशी, खैरियत से रहें। मुझे बार-बार यह ख़्याल आता रहा, सबका मंगल चाहनेवाली, भयंकर दहशतभरे दिनों से गुज़रनेवाली यह औरत, उन लोगों के लिए भी मंगल-कामना करती है, जिन लोगों ने उसका सबसे बड़ा नुकसान किया। सबसे ज़्यादा तकलीफ पहुँचाई।

मैंने कई बार तसलीमा को बेहद मासूम और हैरतभरे लहजे में कहते सुना है—"वे लोग मेरे दोस्त थे, जिन लोगों ने मेरी पीठ में छुरा भोंका। बहरहाल, अब वे ही लोग आगे बढ़-बढ़कर सफ़ाइयाँ दे रहे हैं कि उन्होंने ऐसा नहीं किया। चलो, ठीक है! वे मज़े में रहें, खुश रहें।"

"तुम इतनी मुक्त कैसे हो पाती हो? इतनी निश्छल, इतनी दरियादिल कैसे रह पाती हो?"

"सुनो, जिस दिन तुम माफ़ करना सीख लेते हो, जिंदगी बेहद सहज और उन्मुक्त हो जाती है। मुझे किसी से कोई शिकायत नहीं। उन लोगों की अपनी-अपनी मजबूरियाँ रही होंगी। खैर, उन लोगों ने जो किया, सो किया, मैंने उन्हें माफ कर दिया। लेकिन, मैं औरत ज़रूर हूँ, मगर कमजोर नहीं! मेरी लड़ाई इनसान से नहीं, उस व्यवस्था से है, जिसने इनसान को इनसान नहीं रहने दिया है। मनुष्यता का गला घोंट दिया है।"

पुस्तक मेला का आखिरी दिन आया और गुज़र गया। हम सब ऐसे शिथिल, मानों बेटी की बारात विदा करके लौटे हों।

"पता है, बचपन में, मैं पुस्तक मेला के बारे में सिर्फ सुना करती थी। काफी तपस्या के बाद, वह दिन आया, जब मैंने पहली बार 'पुस्तक मेला' देखा। तब से पुस्तक मेले में जाने का जो सिलसिला शुरू हुआ, वह अब तक जारी है। मैं किताबों की खुश्बू में विभोर रहती थी। पूरे ग्यारह महीने खुश रहने का इंतज़ार करती थी। ग्यारह महीने दुःख झेलती रहती थी, एक महीने खुश रहने के लिए....."

"तुम्हें पुस्तक मेला इतना प्रिय है?"

"हाँ, बेहद! मुझे नहीं लगता कि स्वर्ग का भी कोई सुख, पुस्तक मेले से बड़ा होता होगा। हर साल ही, मेरी कई-कई किताबें प्रकाशित होतीं, लेखक-मित्रों के साथ अड्डेबाज़ी होती, पाठकों से वैचारिक आदान-प्रदान होते, मंच-मंच पर कविताएँ पढ़ती थी, अतिशय उल्लासभरे दिन थे वे..."

पिछली यादों के अगाध सुख में डूबी, उन दिनों अपने लेखक-मित्रों में हँसती-झूमती, मैं उस तसलीमा को देखने की कोशिश करती हूँ।

"फिर...फिर अचानक एक दिन....बंगलादेश में बांग्ला अकादमी के पुस्तक-मेला के आयोजकों ने एकदम से फतवा दे डाला—पुस्तक मेला में मेरा जाना वर्जित! चूँकि उस बार मेले में, मेरी किताबें जलाई गईं; मुझ पर हमला किया गया—इससे मेले का माहौल नष्ट होता है, इसलिए मुझे वहाँ क़दम रखने से मना कर दिया गया।"

"बहुत तकलीफ सही है न तुमने?"

"पूछो मत! उसके बाद साल आते रहे, गुज़रते रहे, बड़े समारोह से पुस्तक मेला लगता। मेरे सभी साथी मेले में जाते, खूब मज़ा करते, मैं ही घर में अकेली-अकेली बैठी रहती थी।"

“उसके बाद तुम कभी, किसी पुस्तक मेले में नहीं गईं?”

“नहीं, पुस्तक मेले तो बहुत देखे! यूरोपीय देशों में बड़े-बड़े मेलों के उद्घाटन तक किए। किसी-किसी मेले में विशेष अतिथि! प्रधान अतिथि के तौर पर सम्मानित भी हुई। इतना कुछ पाने के बाद भी, मेरा मन ढाका और कलकत्ता के ही पुस्तक मेलों के इर्द-गिर्द ही घूमता रहता है। लंबे-चौड़े मैदान में, छोटी-छोटी दुकनिया! दुकनियों में सजी-ठुँसी, फूहड़ छपाई, टेढ़ी-मेढ़ी जिल्दवाली किताबें—फिर भी, मेरा मन धूल-धक्कड़वाले, इन्हीं मेलों में अटका रहता है। सब कुछ के बावजूद। हमारे यहाँ के मेलों में जीवन धड़कता है। इनमें मेरी माटी की सोंधी-सोंधी गंध होती है।”

“विदेशों और देश के पुस्तक मेलों में तुम्हें क्या फर्क़ लगता है?”

“विदेशों के पुस्तक मेलों का लक्ष्य विशुद्ध कारोबारी होता है, जबकि हमारे यहाँ इनसान का सच्चा प्यार नज़र आता है। हजारों लोगों की भीड़! उनमें किताब ख़रीदने की औकात भले न हो, कम से कम किताबें देखने, किताबें छूने की दीवानगी नज़र आती है। यहाँ लोग पूरे साल भर तक, मिट्टी की गुल्लक में पैसे जमा करते हैं, दूर-दूर से ट्रेन, बसों में सवार होकर, पैदल चलकर, मेले में आते हैं। उन लोगों के रूप में समूचे बंगाल की संस्कृति उतर आती है। यह असल में मिलन-मेला है।”

“तुम मुझे एक बात बताओ, तुम धर्म के बारे में लिखना छोड़ क्यों नहीं देतीं?”

“सुनो, दोस्त, धर्म के बारे में मैंने जो कुछ भी लिखा है, लिखती हूँ, अपने मन से रच-गढ़कर नहीं लिखती हूँ। जो लिखा है, इस्लाम के इतिहास से ही चुनकर लिखा है। मेरी राय से, दूसरों की राय अगर अलग है, तो भी क्या फर्क़ पड़ता है? अलग-अलग राय क्या नहीं हो सकती?”

“अरे, भई, यह धर्म का मामला है! धर्म से छेड़-छाड़ मत करो और आराम से रहो।”

“सुनो, वक्त बदला है, माहौल बदला है, समाज बदला है, यहाँ तक कि इनसान भी बदला है, लेकिन, चौदह सौ साल पहले रचे हुए धर्म के बारे में आज भी कुछ कहने की हिम्मत मत करो! अगर ऐसा किया, तो तुम्हारी गर्दन कलम कर दी जाएगी, मुसलमान दंगे छेड़ देंगे, फसाद हो जाएगा—ऐसी बातें वे करते हैं, जो साम्प्रदायिक हैं या पुरातनपंथी, कट्टरवादी हैं।”

“................”

“ऐसे भी लोग हैं, जो यह मानते हैं कि हिंदू लोग सभ्य हैं, पढ़े-लिखे और सहनशील हैं, अपने धर्म की आलोचना सह लेते हैं, मुसलमान नहीं सह पाते, क्योंकि वे लोग मूरख और अनपढ़ हैं, असहनशील हैं। दुनिया में सभी धर्मों की आलोचना संभव है, सिर्फ इस्लाम धर्म की आलोचना असंभव है—जिन लोगों ने भी यह नियम बनाया है, उन लोगों ने और कुछ भले किया हो, मुसलमानों का भला नहीं कर रहे हैं। मुस्लिम औरतों की मुक्ति की राह में भी वे ही लोग काँटे बिछा रहे हैं। जिस

अँधेरे की तरफ उन्हें रोशनी डालनी चाहिए, वहाँ तक रोशनी पहुँचने ही नहीं देते। अगर कोई और उस पर रोशनी डाले, तो वे ही लोग, साम-दाम-दंड-भेद से उसे बुझा देते हैं।''

होटल आ गया है! हमारी बातें थम गईं।

दिल्ली जाने को लेकर, इधर कई दिनों से अजब हाँ-ना का सिलसिला जारी है! 'वे अँधेरे दिन' के विमोचन के लिए 18 फरवरी को तसलीमा को और मुझे दिल्ली जाना है। सुबह जाना है और शाम को लौट आना है। मगर तसलीमा की तरफ से दिन भर में कम से कम चार बार 'ना'! मुझे लगभग यही लगने लगा था कि जाना शायद ख़ारिज ही हो जाए।

16 फरवरी को तसलीमा का फोन!

''क्या कहती हो, दोस्त, दिल्ली चलें?''

''चलना तो चाहिए! वहाँ हिंदी और अन्य भाषाओं के लेखक, विद्वान, आलोचक, पाठक, बेहद उत्सुकता से तुम्हारे आने की राह देख रहे हैं। हर दिन अखबारों में ख़बरें छप रही हैं कि तुम आ रही हो। तुम्हें लोगों को निराश नहीं करना चाहिए।''

''ठीक है, चलो, चलते हैं।''

चूँकि यह मामला पिछले कई दिनों से हाँ-ना के झूले में झूल रहा था, इसलिए रात को, वाणी प्रकाशन के अरुण भाई को ख़बर करती हूँ कि आखिरकार हम आ रहे हैं।

अगली सुबह हम कलकत्ता हवाईअड्डे पर हैं। सुबह की चाय की चुस्कियाँ लेते-लेते तसलीमा फिर बातचीत के मूड में आ जाती है।

''पता है, सुशील, मेरा सबसे बड़ा दुःख क्या है? जिस शहर को मैं सर्वाधिक प्यार करती हूँ, जिस शहर से मुझे सर्वाधिक प्यार मिलता है, वहीं मुझे पुलिस-सुरक्षा में घूमना-फिरना पड़ता है। होटलों में रहना पड़ता है। मैं चाहती हूँ अकेले-अकेले पैदल-पाँव घूमूँ। आम लोगों से मिलूँ, उनसे बातें करूँ। उनका हाल जानूँ और उनका सुख-दुःख लिखूँ–''

मैं खामोशी ओढ़े, चाय की घूँट के साथ, उसके दुःख की घूँट भी भरती हूँ।

''वर्षों-वर्षों से अपने घर, अपने देश से दूर, विदेशों में घूमती-भटकती रहती हूँ। अब थकान छाने लगी है। जैसे और लोग अपने घर लौटते हैं, क्या मैं अपने घर नहीं लौट सकती? कलकत्ता मेरा इस क़दर अपना है कि यहाँ का शीतल-स्वच्छ पानी, मैं अमृत की तरह पीती हूँ और नई जिंदगी महसूस करती हूँ।''

''अच्छा, तुम्हें कभी यह ख्याल नहीं आता कि तुम भी साधारण तरीके से साधारण बातें लिखो। ये बगावत, धर्म से छेड़छाड़ तुम छोड़ क्यों नहीं देतीं?''

''नहीं! मैं ऐसा चाहूँ भी तो मेरे असंख्य पाठक मुझे ऐसा नहीं करने देंगे। तुमने तो देखा है, पुस्तक मेले में मेरे पाठक आ-आकर, कैसे-कैसे लिखते रहने का

उत्साह देते हैं। मेरी बात, सबको अपनी बात लगती है। मैं उन सबकी आवाज़ हूँ। मुझे कोई हक़ नहीं कि मैं उन्हें हताश कर दूँ, उनके लिए जीने की ताकत जुटाना बंद कर दूँ।''

चेक-इन की हिदायतें आने लगी हैं। हम अपने-अपने कंधे पर किट्-बैग झुलाये, जहाज में सवार हो गए हैं। हमारी बातचीत का सिलसिला फिर जुड़ जाता है। मैं उसे हिंदी-उर्दू कवियों-शायरों की कविताएँ सुनाती हूँ। वह बेहद ध्यान और दिलचस्पी से सुनती है, कविताओं में डूब जाती है!

''सुनो, प्रवास पर मैंने ढेरों कविताएँ लिखी हैं। एक कविता है—अपने देश में भी परदेसी/ प्रवास में भी परदेशी/ फिर मेरा देश कहाँ है/ सुजला-सुफला देश?/ मुझे पता है, देश को भी पता है/ मेरे अंतस में बसा है, मेरा देश!''

''अच्छा, तुम्हें कविता लिखना भला लगता है या गद्य?''

''मूड पर निर्भर करता है। दोनों ही आत्माभिव्यक्ति का माध्यम हैं। पद्य में अपने को समेटती हूँ। गद्य में अपने को बिखेरती हूँ।''

''कुछेक निर्मम सवाल करूँ? मुमकिन है, ये सवाल व्यक्तिगत हों,—तुम आहत हो जाओ—''

''सवाल निर्मम भले हों, मगर सच्चे हों। मुझे मुखौटों या आड़ से किए गए वार, ज़हर लगते हैं!''

''ऐसा लगता है, तसलीमा नसरीन और विवाद या कु-चर्चा—एक-दूसरे के पर्याय बन गए हैं, क्यों?''

''इसलिए कि मैं सच बोलती हूँ और जिस दुनिया और समाज में हम सब रहते हैं, वहाँ सच बोलना जुर्म है।''

''तुमने ऐसा क्या कह दिया या किया कि तुम्हें एकदम से देश-निकाला मिल गया?''

''मैंने मुल्ला-मौलवियों के पाखंड पर वार किया था, उनकी पोल-पट्टी खोली थी। बाबरी मस्जिद के ध्वंस की प्रतिक्रिया में बंगलोदश में जो दंगे भड़के, उस पर मैंने 'लज्जा' लिखी, उसे ही मेरा गुनाह मान लिया गया। राजनीतिक सत्ता और धार्मिक कट्टरता से बगावत के जुर्म में, मुझ पर फतवा लटका दिया गया, मेरी फाँसी की माँग की गई, यहाँ तक कि मुझे देश-निकाला दे दिया।''

''बंगलादेश से प्रकाशित, तुम्हारा 'क' आत्मकथा का तीसरा खंड ज़ब्त कर लिया गया। उसमें ऐसा क्या है, जो लोग भड़क गए?''

तसलीमा हँस पड़ी, ''उसमें मैंने उन साहित्यकारों, पत्रकारों, अफसरों और समाजसेवकों के बखिए उधेड़े हैं, जिन्होंने मुझ पर घिरे संकट का फ़ायदा उठाते हुए, मुझसे सेक्स-संबंध स्थापित किए।''

''भई, तुम किसी का नाम लिए बगैर, आम तरीके से भी तो बयान दे सकती

थीं। तुमने अपनी किताब में जिनका-जिनका नाम लिया, उनका भड़कना तो स्वाभाविक है न?''

''अच्छा? मर्द जो करतूत कर गुज़रें, फिर भी वह गुनाह नहीं है और मैंने वह बयान कर दिया, तो वह मेरा गुनाह हो गया? मैंने 'क' में बंगलादेश के लोकप्रिय उपन्यासकार, इमादुल हक़ मिलन का जिक्र किया है, जिसके साथ मैंने कई रातें गुज़ारीं, घूमी-फिरी, मगर वह मुझसे इश्क जताते हुए भी, अपनी बीवी-बच्चों के लिए साड़ी-गहने ख़रीदने चल दिया। बांग्लादेशी कथाकार, सैयद शम्सुल हक़ ने मेरे साथ सोना चाहा, मयमनसिंह के रेस्तरां में, मेरी 'ब्रा' का हुक खोलना चाहा—उनकी हरकतें गुनाह नहीं थीं, मैंने पोल खोल दी, तो वह पाप हो गया?''

''लेकिन अंतरंग संबंध तो तुम्हारी स्वीकृति और सहयोग से ही तो बने थे न? तुम भी तो उसमें शामिल थीं! तुमने 'ना' क्यों नहीं कर दिया?''

''इसलिए कि मैं इसकी ज़रूरत नहीं महसूस करती। इसके अलावा, जब मिलन का साथ मिला, उस वक्त मेरे और मेरे पति, रुद्र के संबंध ख़त्म हो चुके थे। अर्से से मैं पुरुष-स्पर्श से वंचित थी, मुझे पता नहीं था कि मेरे अंदर इतनी प्यास है। मैंने अपने जीवन और अपने साथ के लेखकों के जीवन की खुसफुस बातें उजागर की हैं, तो इसमें बुरा क्या है? सहानुभूति जताने की आड़ में किन-किन लेखकों ने मुझे 'पाना' चाहा या 'पा लिया', इस पर पर्दा डालने की क्या ज़रूरत है? मैंने अपने बारे में भी कुछ नहीं छिपाया। जब मैं अपने बारे में इतनी क्रूर हूँ, तो दूसरों को क्यों बख़्शूँ?''

''मगर इकतरफा तौर पर संबंधों को सार्वजनिक करने का नैतिक अधिकार हमें नहीं होता।''

''देखो, दकियानूसी बातें मत करो। सेक्स-संबंध के लिए परस्पर सहमति ज़रूरी है, अपना साहित्य रचने के लिए परस्पर की सहमति कतई ज़रूरी नहीं है।''

''इसीलिए तो किसी ने तुम्हारे लेखन के बारे में मंतव्य दिया है कि तसलीमा के पास असभ्यता को छोड़ कर, लिखने को और कुछ नहीं है। उसके पास अब संभोग के वर्णन की ही शक्ति बची है—''

''सुनो, यह नैतिकता का मामला हरगिज नहीं है। यह रुचि को अपने हित में इस्तेमाल करने का मामला है। कोई लेखक अनजाने में भी ऐसा लिख ही सकता है। कुछ रुचियों को जायज या नाजायज ठहरा सकता है। मैंने तो बस, खुलकर अपने विचार प्रकट किए हैं।''

हम दिल्ली पहुँच गए हैं। बातचीत फिर थम गई है। अरुण भाई फूलों के गुच्छों से हमारा स्वागत करते हैं। हम सीधे 'इंडिया इंटरनेशनल' पहुँचते हैं। वहाँ पत्रकारों और फोटोग्राफरों का विराट हुजूम! तसलीमा लेखक-पाठकों से मिलती हैं, अपनी बात करती हैं। दिल्ली का लेखक-पत्रकार समूह भी वाक्-स्वाधीनता पर प्रतिबंध

से नाखुश! तसलीमा मंच से दुबारा दोहराती है–''वाक्-स्वाधीनता के खिलाफ अगर आवाज़ नहीं उठाई गई, तो जो प्रतिबंध आज मुझ पर लगा है, कल आप सब पर लगेगा।''

हम दिल्ली में आयोजित 'वर्ल्ड बुक फेयर' में पहँचे हैं। वाणी प्रकाशन के स्टॉल पर उमड़ी भीड़, हिंदी किताबों की ख़रीद, अविश्वसनीय हद तक चमत्कृत कर गई।

''देखा, मेरी लेखनी पर किसी सरकार को आपत्ति हो सकती है, मेरे पाठकों को नहीं। पाठकों का यह हुजूम, इस बात का साक्षी है कि मेरे मानवतावाद ने असंख्य पाठकों के दिल को छुआ है। मेरी बात, लाखों-करोड़ों पाठकों के दिल तक पहुँची है।'' तसलीमा ने धीमे से मुझसे कहा। उस वक्त, उसकी आँखों में अनगिनत चिराग़ झिलमिला उठे थे।

वहाँ से दिल्ली एअरपोर्ट! अब, हम कलकत्ता वापसी की राह पर हैं। वापसी के सफ़र में तसलीमा दिल्लीवालों की गर्मजोशी, प्यार की बातें करती रही। कलकत्ता के साथ-साथ दिल्ली की सहज-सरल मेहमाननवाज़ी उसे भली लगी है!

''अच्छा एक बात बताओ–'' मैं फिर बातचीत की पहल करती हूँ, ''धार्मिक कट्टरता और पुरुष प्रधान समाज के वर्चस्व के खिलाफ़ आवाज़ उठाने की सज़ा, तुम्हें अपनी किताबों पर लगे प्रतिबंध, मौत के फ़तवों और देश से निर्वासन के रूप में चुकाना पड़ी। तुम्हारी आत्मकथा के तीसरे खंड 'द्विखंडित' पर जब पश्चिम बंगाल सरकार ने रोक लगाई, तो तुम्हारी क्या प्रतिक्रिया थी?''

''मैं बेहद दुःखी हुई थी। पश्चिम बंगाल की प्रगतिशील सरकार इस किताब पर प्रतिबंध लगाएगी, मुझे बिल्कुल उम्मीद नहीं थी। पश्चिम बंगाल सरकार ने कहा है कि इसमें इस्लाम के बारे में चंद भड़काऊ बातें हैं। इससे अल्पसंख्यकों की भावनाओं को ठेस पहुँच सकती है। लेकिन, मेरी आत्मकथा के पहले दो खंड–'मेरे बचपन के दिन' और 'उत्ताल हवा' में इस्लाम पर ज़्यादा तीखे मंतव्य हैं। वे किताबें बंगाल में पुरस्कृत हुईं। अब अपेक्षाकृत माइल्ड किताब पर रोक लगाना, मेरी समझ से बाहर है।''

''बंगलादेश में भी तो 'क' के नाम से छपी, तुम्हारी आत्मकथा के तीसरे खंड पर भी प्रतिबंध लगाया गया है–''

''हाँ, पहले के दो खंडों पर बंगलादेश के कट्टरपंथियों के दबाव की वजह से रोक लगी थी। इस बार कट्टरपंथी नहीं, इस देश के प्रगतिशील लेखक वर्ग ही वाक्-स्वाधीनता के विरुद्ध खड़े हो गए। मेरी किताब पर रोक लगाने के लिए, उन लोगों ने अदालत का दरवाज़ा खटखटाया और मुझे सज़ा देने, यहाँ तक कि मेरी फाँसी तक की माँग कर बैठे। मुझे इन तमाम तथाकथित प्रगतिशील मर्द और धर्मांध मुल्लों में कोई फर्क़ नज़र नहीं आता। ख़ासकर औरत जब स्वाधीनता के हक़ की

माँग करती है। मेरे और दूसरों के विचारों में फर्क़ सरासर संभव है, मगर हर किसी को अपनी बात कहने का अधिकार तो होना ही चाहिए। बंगलादेश में लेखक ही, लेखक के लिखने के अधिकार के खिलाफ हो गए हैं। ऐसा करके क्या वे कट्टरवादियों को प्रोत्साहन नहीं दे रहे हैं। साहित्य के इतिहास में अंधा युग नहीं जोड़ रहे हैं?''

''मगर, दोस्त, तुमने अपने अंतरंग संबंधों में नामों का खुलासा करके, उनके पारिवारिक संबंधों में तबाही नहीं मचाई?''

''कमाल है! मैंने आत्मकथा लिखी है। आत्मकथा लिखना क्या गुनाह है? जो-जो मेरे जीवन में घटा, उसे क़बूल करना क्या अन्याय है? सच क्या है, पता है? ये बड़े-बड़े लिक्खाड़, आम लोगों के सामने 'शरीफ' बन जाते हैं, उनके सामने से हटते ही खलनायक बन जाते हैं। असहाय औरत को देखते ही, उस पर टूट पड़ते हैं। मैंने लेखकों का 'दोहरा मानदंड' देखा है। मैंने अपनी आत्मकथा में इन्हीं लोगों की सच्चाई बताई है। समाज में एक साधारण लड़की को जैसा अत्याचार सहन करना पड़ता है, लेखिका को भी उसी तरह लेखकों का अत्याचार सहन करना पड़ता है। सैयद शम्सुल हक़ अगर भड़क गए हैं कि मेरे लिखने से उनकी इज़्ज़त में बट्टा लग गया है, उनके पारिवारिक संबंध बिगड़ गए हैं, तो ऐसी हरक़त उन्होंने की ही क्यों?''

''.........''

''मैंने जीवन में सैकड़ों ग़लतियाँ कीं, भूलें कीं, कहीं-कहीं पछतावा और अफसोस भी है! इसके अलावा खुशी भी है, विषाद भी है! मैं भी इनसान हूँ, मैं देवी नहीं बनना चाहती। मैं जो हूँ, जैसी हूँ, बस, हूँ! मैंने अपनी बात कही है। अपने जीवन में आए-गए लोगों की बात कही है। अब, लोग बेनक़ाब होने पर इतना बौखला क्यों गए?''

''लेकिन तुम्हारे कई पूर्व-शुभचिंतकों ने भी यह कहकर, तुम्हारी आलोचना की है कि तुम 'पोर्नो राइटिंग' करती हो।''

''नहीं, मेरा ख्याल है कि मेरा लेखन पहले से ज़्यादा गंभीर हुआ है, जनोन्मुख हुआ है। लोग मेरी राइटिंग को 'पोर्नो राइटिंग' कहते हैं, इससे मुझे कोई फर्क़ नहीं पड़ता। दुनिया का इतिहास गवाह है, जब-जब औरतों ने किसी सियाह युग के खिलाफ बग़ावत की है, अपना जायज हक़ माँगा है, अपनी आज़ादी का सवाल उठाया है, उन लोगों ने उसे 'नष्ट औरत', 'बदचलन', 'गिरी हुई औरत' कहा। मैं औरत-मर्द की समानता में विश्वास करती हूँ। जिंदगी भर करती रहूँगी।''

''लोग यह भी तो कहते हैं कि तुम जानबूझकर, चौंकानेवाली या भड़काऊ बातें करती हो और खुद अपने इर्द-गिर्द विवाद खड़ा करके, चर्चा में रहना चाहती हो या लोग ही तुम्हारे बारे में विवाद खड़ा कर देते हैं?''

''क्या किसी के चाहने भर से विवाद खड़ा हो सकता है, दोस्त? मेरे विचार

पुरातनपंथी नहीं हैं अगर मैं पुरुष प्रधान समाज को चुनौती देती हूँ, तो हंगामा तो मचेगा ही। कमाल के मंतव्य हैं न : मेरी किताबें अगर नहीं बिकतीं, तो मैं ख़ारिज लेखिका हूँ, अगर धड़ल्ले से बिकती हैं, तो यह इल्ज़ाम दिया जाता है कि मैं 'पोर्नो' लिखती हूँ, इसलिए मेरी किताबों की इतनी माँग है। ऐसे मंतव्य झेलने की मुझे आदत पड़ चुकी है।''

''एक बात बताओ, तुम्हारे मन में मर्दों के प्रति इतनी कड़वाहट, इतना क्षोभ क्यों है?''

''नहीं, कड़वाहट या क्षोभ नहीं है। मुझे मर्दों की नीयत से शिकायत है कि वह औरत को बराबरी का हक़ देने को राज़ी नहीं हैं। भई, अगर मर्दों के प्रति कड़वाहट होती, तो मैं उनसे अंतरंग संबंध कैसे बनाती? प्रेम-कविताएँ कैसे लिखती? मेरा कहना है कि अगर औरत, मर्द की आज़ादी में दख़ल नहीं देती, तो मर्द भी उनकी आज़ादी में दख़ल क्यों देते हैं? असल में मर्दों की कथनी-करनी में भयंकर फ़र्क़ है। कहने को तो वे उदार बनते हैं, मगर औरत, बीवी, प्रेमिका को किसी तरह की आज़ादी देने को तैयार नहीं होते। समूची की समूची मर्द जात ही एक जैसी है। मज़ा यह है कि हमारा समाज, सभ्यता, संस्कृति भी उन्हीं की पक्षधर है।''

''तुम नारीवादी हो या लेखिका?''

''यूरोप में नारीवादियों ने मुझे 'एक्टिविस्ट', मानवतावाद का प्रतीक माना है। कुछेक संगठनों ने नारीवादी। पश्चिम में लेखक से ज़्यादा, नारीवादी की पहचान है। मैं औरत की भरपूर आज़ादी की हिमायती हूँ। मैं पुरुषप्रधान समाज की विरोधी हूँ। मैं ऐसी लेखिका हूँ, जो सिर्फ सच लिखती है। सच के अलावा कुछ नहीं लिखती। मुझे इसकी कतई परवाह नहीं कि लोग मुझे अदालत में घसीटेंगे या कोई सरकार गुस्सा हो जाएगी या कट्टरपंथी मुझे फाँसी पर चढ़ा देने का फतवा देंगे।''

''तुम धर्म पर कलम चलाना छोड़ दो।''

''नहीं, साहित्य-संस्कृति या राजनीति में धर्म की दख़लंदाज़ी मुझे नहीं सुहाती। जब तक जीऊँगी, मैं धर्म की बर्बरता के खिलाफ लड़ती रहूँगी। धर्म के हथियार से औरत के मानवीय और जायज हक़ का खून करनेवालों के खिलाफ आवाज़ उठाती रहूँगी।''

रात का वक्त! कलकत्ता हवाईअड्डे पर उतरते ही तसलीमा के मन में लड़कियाना शरारत सूझती है।

''एइ, दोस्त, चलो हम ग़ायब हो जाएँ। रात भर गाड़ी में घूमें। पुलिस पहरे से मुक्त! आम इनसानों की तरह!'' तसलीमा की आँखें चमक उठी हैं।

मगर मैं सिर्फ मुस्करा देती हूँ, क्योंकि हवाईअड्डे के बाहर इंतज़ार करती हुई सुरक्षा-पुलिस पर मेरी नज़र पड़ चुकी है। इंतज़ार करती पुलिस कॉन्वॉय से सामना होते ही, तसलीमा मेरी तरफ हताश निगाहों से देखती हैं और हम दोनों ज़ोर का

ठहाका लगाते हैं।

"सुनो, परसों का पूरा दिन तुम्हें मुझे देना है।"

"कहाँ भागना है?"

"नहीं, भागना नहीं, चलना है। सोधपुर और विराटी! सोधपुर में एक बुजुर्ग हैं। मयमनसिंह में रहते थे। अब कलकत्ता आ बसे हैं। वे मुझसे मिलना चाहते हैं। बुजुर्ग हैं, कहीं आते-जाते नहीं। उन्हें आने में तकलीफ होगी, हम ही चलकर मिल आएँ। बुजुर्गों का सम्मान जरूरी है।"

"और विराटी? विराटी में क्या है?"

"एक बुजुर्ग सज्जन और उनका परिवार, जबसे मैं आई हूँ, हर दिन गुलाबों का गुच्छा भेजता है! उतनी दूर से! वे मेरे साहित्य के भक्त हैं। मुझे उनसे मिलकर एक बार कृतज्ञता ज्ञापित करना चाहिए!"

मैं फिर अपने में गुम हो गई हूँ। इतनी विनम्र और सबकी भावनाओं का आदर करनेवाली लड़की, किसी धर्म की तो क्या, किसी इनसान तक की अवमानना नहीं कर सकती। बग़ावत तो उसने, उन रूढ़ियों से की है, जो इनसान की जड़ों को खोखला कर रही हैं; पुरुषतंत्र समाज की उन नाइन्साफ़ी के खिलाफ उसने आवाज़ बुलंद की है, जो औरत के तमाम अधिकार छीनकर, उसे पैरों की जूती या अपने घर का खूबसूरत फर्नीचर बनाए हुए है! उसे दूसरे दर्जे की नागरिक समझता है।

29 फरवरी को नोमान् भाई ढाका लौट गए। खाला और मामा पहले ही जा चुके थे। तसलीमा अपने आत्मीयजन से अलग, अकेली हो आई। किसी के भीतर का अकेलापन तो हम दूर नहीं कर सकते, फिर भी अगली तीन रातों ने तसलीमा से और थोड़ी बातें करने का मौका अनायास ही सौंप दिया। तीन रातों में टुकड़े-टुकड़ों में हुई बातों ने तसलीमा की छवि और साफ़ कर दी।

"सबसे पहली बात, जो मुझे तुमसे करनी है, वह है, तुम्हारी सेहत! यह जो तुम्हारा प्राण-पंछी जाने-जाने को आमादा है और तुमने उसे बमुश्किल रोके रखा है, यह नहीं चलेगा। सेहत के प्रति तुम्हारी यह लापरवाही, मुझे अपने प्रति लापरवाही लगती है! सच्चे दोस्त ऐसा नहीं करते और यह जो तुम हर वक्त राग अलापती हो कि सारा शहर...सब लोग तुम्हारे शुभाकांक्षी हैं, तुमसे जुड़े हैं, मुग़ालता है तुम्हें! तुम्हें अपना ख़्याल खुद रखना चाहिए। ढेर सारी मल्टी-विटामिन लो और सिर से पैर तक चेक-अप कराओ।"

मैं समझ गई, उस वक्त तसलीमा के अंदर छिपा डॉक्टर बोल रहा है। तसलीमा बदस्तूर और मुकम्मल डॉक्टर भी हैं। सबके लिए न सही, अपनों के लिए वे अपनी डॉक्टरी का उपयोग करती रहती हैं। उस रात कोई ख़ास बात नहीं हो पाई। यूँ भी उसके जाने के दिन करीब आ गए हैं और वह बेतरह उदास है!

पिछले वर्षों की तसलीमा, अब सिर से पाँव तक बदल चुकी है। अब तसलीमा

बेहद स्लिम, स्मार्ट, आत्मविश्वास से भरपूर और हसीन लगती है! समूचा शहर उसके इस बदले हुए रूप पर अचम्भित है।

अगली रात मैंने उसके बदले हुए रूप से ही बात शुरू की।

"यह तुम्हें अचानक अपनी हुलिया बदल डालने की क्या सूझी?"

"क्यों? बुरी लगती हूँ? क़ितन्नी मुश्किल और मशक्कत से मैंने वजन घटाया है! ज़रा ठीक-ठाक लगती हूँ।"

"तुमने अपनी आत्मकथा में लिखा है कि किसी ज़माने में तुम अतिशय शर्मीली थीं। अचानक इतनी जिहादी कैसे हो गईं?"

"जिहादी का मतलब जानती हो, धर्मयुद्ध! पवित्र धर्मयुद्ध! नहीं; मैंने कोई जिहाद नहीं छेड़ा। बस, अपनी तरह से विरोध जाहिर करती रही हूँ। लेकिन, यह सिर्फ लिखने भर के लिए। जुबान खोलकर तो मैं आज भी कुछ नहीं कह सकती। फर्ज़ करो, मैं किसी वक्त अकेली रहना चाहती हूँ, मगर सामने कोई फिजूल ही धुआँधार बकबकाए जा रहा है, मगर मैं जुबान खोलकर यह हरगिज नहीं कह सकती कि मुझे बख़्श दें...आप तशरीफ ले जाएँ। मैं ऐसी ही हूँ!"

"एक और बात बताओ, पुरुषों के गलत-सलत इशारे समझकर भी, औरत उसे अनदेखा करने की कोशिश करती है, तुम भी करती हो? तुम्हें क्या यह नहीं लगता कि अनदेखा कर देने के बजाय साफ़-साफ़ बरज देना क्या बेहतर नहीं है कि यह सब तुम्हें पसंद नहीं है?"

"बात यह है कि हम सिर्फ चंद लोगों पर ही अपना विश्वास टिकाते हैं। गिनती भर के लोग ही भरोसेदार होते हैं। अब उनमें भी कोई बदतमीजी करे या बेअदब इशारे करे, तो जाहिर है कि अनदेखा करना पड़ता है। दो-एक लोगों को बेअदब या बुरा कहकर भगा भी दिया, तो आखिर कितने लोगों को भगाएँगे? धीरे-धीरे अकेले होते जाओगे। तब लगता है, चलो, छोड़ो! यही गनीमत है! वैसे कहीं लाचारी तो लगती है।"

"इस पार के बंगाल और उस पार के बंगाल में कोई फर्क़ नज़र आता है?"

"पहले नज़र आता था। उस पार का बंगाल, कट्टरवादियों के दबाव में, बेहद तंगदिल लगता था और इस पार का बंगाल प्रगतिशील और उदार लगता था, लेकिन अब भी मुझे यकीन नहीं आता कि कलकत्ता भी कभी ऐसे पेश आएगा। चंद तथाकथित मित्रों ने 'द्विखंडित' के खिलाफ राय दी। यहाँ की प्रगतिशील सरकार ने पाबंदी लगाई, मुझे बेहद हैरत है।"

"औरत की स्थिति ही लो। तुम्हारे यहाँ औरत अगर नदी में उतरकर, पंछियों को पानी में किलोल करते हुए, मछलियों का किलोल देखना चाहे, तो उसे 'नष्ट' औरत कहते हैं। इस पार के बंगाल में ऐसा नहीं है। औरत की चाह भले अधूरी रह जाए, मगर उसे 'नष्ट' औरत नहीं कहते।"

"........."

"देखो, हिंदू समाज ने अर्से पहले से पढ़ना-लिखना शुरू कर दिया था। उसके मुक़ाबले मुस्लिम समाज में आज भी ख़ासा अँधेरा है। उस समाज में दौलत, अमीरी भले बढ़ी हो। मगर उनमें धर्मांधता की हद तक कट्टरवाद भी बढ़ा है। उनमें आगे बढ़ने की जितनी भी संभावनाएँ थीं, उसकी तमाम राहें, इन अंधे कट्टरवादी लोगों ने रोक दी हैं। इस पार के बंगाल में उच्चवित्त लोगों के साथ-साथ मध्यवित्त की तादाद भी काफी है। मगर, वहाँ......उस पार के बंगाल में 80% लोग गरीबी रेखा के नीचे, जिंदगी गुज़ारते हैं, जहाँ तक रोशनी की एक बूँद तक नहीं पहुँची। वे सब बदतर जिंदगी गुज़ार रहे हैं। वैसे यहाँ की औरत की हालत भी क्या वाकई, कहीं से बदली है? अभी भी ग़रीब या काली लड़की को ब्याहने में बेचारे माँ-बाप की जान निकल जाती है यह तो बदलाव के लक्षण नहीं हैं।"

"सुनो, तुमने कहीं लिखा है, शुद्ध होने की पहली शर्त है नष्ट होना! यह नष्ट होने का क्या मतलब है?"

"सीधी-सी बात है! पुरुष-शासित समाज के खिलाफ आवाज़ उठाने का मतलब ही है—नष्ट औरत! आज़ादी की माँग करने का मतलब है—बदचलन औरत! हक़ के साथ अपने सम्मान की प्रतिष्ठा की चाह का मतलब है—आवारा औरत! और मैं इस क़िस्म की 'नष्ट औरत' बार-बार बनना चाहूँगी। विरोध किए बिना, मेरा शुद्ध होना नामुमकिन था। मैं नष्ट हूँ, यही मेरा सबसे बड़ा इनाम है।"

"अच्छा, तुम्हारे अब्बू तो आदर्श इनसान थे, जो तुम्हें हिम्मत और ताकत देते रहे कि औरत अगर पढ़-लिख जाए, आर्थिक तौर पर आज़ाद हो, तो औरत के तमाम दुःख-दर्द मिट सकते हैं। उसी अब्बू ने तुम्हें घर में क़ैद रखा, तुम्हें मारते-पीटते रहे, इसे तुम क्या कहोगी? तुम्हारे रौब-दाब और बढ़ती हुई हिम्मत के आगे, वे अपना आदर्श भुला बैठे थे?"

"नहीं, अब्बू ने मेरी पढ़ाई-लिखाई रोकने की कोशिश कभी नहीं की। वे तो मेरी पढ़ाई के ख़ासे हिमायती थे। मगर क्या करते? थे तो इसी ज़माने के इनसान! परम्परावादी! इसीलिए जब उन्होंने अख़बार-पत्रिकाओं में पढ़ा कि मैं अनगिनत मर्दों से मिलती-जुलती हूँ, उनसे मेरे अंतरंग संबंध हैं उस पर से उन्हें उकसानेवाले लोगों की भी कमी नहीं थी, सो वे भड़क जाते थे।"

"वैसे, यार, डबल-स्टैंडर्ड तो तुम्हारा भी रहा है। तुम्हारे अब्बू तुम्हारी अम्मी की उपेक्षा करते थे, तुम्हें बुरा लगता था। मगर जब तुमने होश सँभाला, तुमने भी तो वही किया। क्यों?"

"इसकी आदत जो पड़ गई थी। मैंने उसी तरह सोचना सीखा था। अम्मी का घर, बावर्चीखाने में है। अम्मी, बस, अम्मी होती है, इनसान नहीं! उन पर हुक्म झाड़ा जा सकता है। अब्बू लोगों का सम्मान करना होता है। अब्बू अम्मी को कुछ

नहीं समझते थे। मैंने भी अम्मी की परवाह नहीं की। लेकिन, बाद में, मुझे अपनी भूल का अहसास हुआ! मैंने गुनाह किया। लेकिन, इस अहसास के बावजूद, मेरी श्रद्धा अभी भी अब्बू से ही जुड़ी हुई है। इसी की आदत जो पड़ गई है।''

''तुमने एक जगह ये भी लिखा है कि अगर तुम्हारे पास दौलत होती, तो तुम भी 'मर्द रखैल' पालतीं। हिंदी में एक वरिष्ठ उपन्यासकार, अमृत लाल नागर का एक बृहद उपन्यास है—बूँद और समुद्र! उसमें भी उपन्यास की एक पात्र कहती है—''मेरा मन करता है, मैं भी मर्दों का एक हरम बनाऊँ—''। बहरहाल, तुम्हारे इस जुमले पर भी हंगामा मच गया था। इस बात पर भी तुम्हें 'नष्ट औरत' कहा गया...''

''बिल्कुल सच! हंगामा न मचाते, तो तमाशा कैसे होता? मैंने एक बार यह कह दिया कि मर्द अगर चार-चार शादियाँ रचा सकते हैं, तो औरत को ऐसा करने का हक़ क्यों नहीं है! बस, इसी बात को लेकर हंगामा मच गया कि तसलीमा चार-चार शादी रचानेवाली है। वह दूसरी-दूसरी औरतों को भी उकसा रही है...बिगाड़ रही है। मैंने 'मर्द रखैल' पालने की बात नहीं कही थी। मैंने रखैल पालनेवाले मर्दों पर व्यंग्य किया था। मर्द यह व्यंग्य समझकर भी, नासमझ बन गए।''

''अपनी आत्मकथा में ही तुमने लिखा है कि तुम्हारे खिलाफ 'तसलीमा नसरीन पेषण कमिटी' बनी थी, यह बात तुम्हें बुरी तो ज़रूर लगी होगी। मगर एक क़िस्म का आत्मसंतोष भी हुआ होगा। हम जब किसी व्यवस्था में बदलाव चाहते हैं, हमारे खिलाफ, हमें कुचलने के लिए, कोई न कोई पेषण कमिटी तैयार हो जाती है यानी हमें कहीं आत्मसंतोष भी होता है कि हमने एक झटका तो दिया...''

''धत्, कोई आत्मसंतोष नहीं होता। कोफ्त होती है कि हम आखिर किस समाज में रह रहे हैं। मैं व्यवस्था में बदलाव की आवाज़ उठा रही हूँ और मेरा गला घोंटा जा रहा है। मैं कोई मंगल काम करना चाहूँ, तो मुझे मार डाला जाएगा। यह सोच-सोचकर हताशा होती है। मुझे पता है कि चोट किया, तो जवाब में मुझे भी चोट ही मिलेगी। लेकिन, इस क़िस्म से चोट किया जाएगा, यह देखकर, काफी तकलीफ होती है।''

''औरत-मर्द के रिश्ते में अधिकार-बोध होना क्या बुरी बात है?''

''नहीं, बिल्कुल भी नहीं! मगर शर्त यह है कि यह अधिकार-बोध दोनों तरफ हो। आज भी ज़्यादातर मर्द, औरत को अपनी जायदाद बनाकर रखना चाहते हैं! पढ़े-लिखे लोग ज़रा खूबसूरती से करते हैं, निम्नवित्त, अनपढ़ लोगों में ज़रा खुलेआम! मगर यह टेंडेंसी हर तरफ है।''

''द्विखंडित में तुमने हुमायूँ आज़ाद का ज़िक्र किया है, जिन्होंने तुम्हारे बारे में मंतव्य दिया था—'तसलीमा अभी तक कवि नहीं बन पाई—' लेकिन, उन्होंने किसी और जगह, तुम्हारी किसी कविता की खूब-खूब तारीफ भी की है। यह 'डबल स्टैंडर्ड' क्या ज़्यादातर लेखक-साहित्यकारों में नहीं है?''

"असल में ये लोग घोर हिपोक्रेट हैं। मेरे मुँह पर तो तारीफें करेंगे, पीठ-पीछे ज़ुबान तक नहीं खोलेंगे। कहीं तारीफ के एकाध जुमले तक कहने से कतराएँगे। अब सैयद शम्सुल हक़ को लो। कभी ये मेरे महान ख़ैरख़्वाह, समर्थक थे। मुझे बेटी की तरह स्नेह करते थे, मगर अब उनका कहीं अता-पता नहीं है। मेरी मुसीबत में वे आस-पास दिखाई तक नहीं दिए, बल्कि अब तो, वे भी मेरी फाँसी चाहते हैं।"

"एक बात पूछूँ? जिस देश ने तुम्हारी इतनी अवमानना की, तुम्हें इस क़दर लांछित किया, इतनी-इतनी तकलीफें दीं, वहाँ लौटने का तुम्हारा अब भी मन होता है?"

"हाँ, दस साल से निर्वासित हूँ। फिर भी मेरा मन करता है कि जान-जोखिम उठाकर भी, मैं वहाँ लौट जाऊँ। धर्म के तथाकथित पंडित मुझे मार डालने को आमादा हैं। लेकिन, फिर भी लगता है, लौट ही जाऊँ। अब, जो होना है, हो ले। लेकिन हाँ, मैं चाहे जहाँ रहूँ, मैं लिख़ती रहूँगी! अपने देश को प्यार करती रहूँगी। धर्म, औरत को इज़्ज़त नहीं देता, उसे उचित मर्यादा नहीं देता! अब चाहे कोई मेरी गर्दन भी उतार ले, मैं लिखती रहूँगी। मुझे पक्का मालूम है, बंगलादेश में लड़कियाँ 'द्विखंडित' अपने तकिए के नीचे छिपा-छिपाकर पढ़ती हैं। सबसे छिप-छिपकर मुझे ख़त लिखती हैं—मेरे लिए यही बहुत बड़ा इनाम है।"

"भारत में स्थायी रूप से रहने का मन क्यों बना रही हो?"

"अपने देश तो जा नहीं सकती। कलकत्ता उस देश के पड़ोस में है। कलकत्ता मुझे अपने देश जैसा लगता है। लगता है, मैं अपने देश में ही हूँ। मूलत; मैं बांग्ला लेखिका हूँ। अपनी भाषा के समाज में रहकर लिखने में सहूलियत होती है। बांग्ला सुनने या बोलने के लिए, मुझे पैसे खर्च करके, बंगलादेश या कलकत्ता फोन करना पड़ता है। फिलहाल, मेरा कोई देश नहीं है। पूरे यूरोप में यहाँ-वहाँ भटकती रहती हूँ। भारत अपना ही देश लगता है। यहाँ के लोग भी नितांत अपने लगते हैं।"

"फिर भी...अपने देश की याद तो आती ही होगी....."

"क्यों, क्या यह मेरा देश नहीं है? मैं क्या तुम्हारे लिए पराई हूँ?"

"फिर भी...सरकारी अनुमति तो लेना पड़ती है। हाँ, यही ज़रा दिक्कत है। काश, मुझे भारत सरकार, राजनीतिक पनाह या नागरिकता दे देती या कुछेक सालों के लिए निवास-परमिट! बांग्ला ही मेरी मातृभाषा है! मेरा देश! मैं इसी में डूबी रहना चाहती हूँ।"

"क्या अभी भी तुम्हारी जान का ख़तरा बना हुआ है?"

"वहाँ आम कार्यक्रमों में जाती हूँ, तो कड़ी सुरक्षा में होती हूँ। मैंने तो फ्रांसीसी सरकार से कई बार कहा कि मुझे अब, सुरक्षा की जरूरत नहीं है। वे लोग राजी ही नहीं होते। हाँ, एमिग्रेंट एरिया में नहीं जाती। मुझे हिदायत है कि मैं बंगलादेश मुहल्ले में न जाऊँ।"

अचानक घड़ी पर मेरी नज़र पड़ती है। रात के करीब तीन बज रहे थे!

"क्यों, चाय न हो जाए?" तसलीमा ने पूछा है और वह चाय बनाने के लिए उठ गई है।

अगला समूचा दिन, इस यात्रा का आखिरी दिन। तसलीमा अपने मित्रों, परिचितों से अलविदाई भेंट-मुलाक़ात में व्यस्त है। आज उसकी हँसी, बातचीत में स्वाभाविक-सहज बने रहने की कोशिश जरूर है, मगर उसके पीछे छिपे तनाव, बौखलाहट की झलक भी साफ़ ज़ाहिर है!

तय कार्यक्रम के मुताबिक शाम को मैं तसलीमा के कमरे में हूँ। समूचा कमरा उसी तरह किताबों, फूलों, सौग़ातों से अँटा हुआ। पूरे कमरे में कपड़े बिखरे हुए। अगली सुबह उसे जाना है।

"क्यों? सामान-वामान पैक नहीं करना है?" मैंने धीमे से पूछा है।

"सामान पैक करने के बजाय, मुझे ही पैक करके, यहाँ रख लो न!" उसकी आवाज़ अजीब हो आई है।

स्वाति उसकी एक भक्त-पाठिका भी आ पहुँची। वह रात भर की छुट्टी लेकर आई है, सामान पैक करने में तसलीमा की मदद के लिए!

कलकत्ते में ही किसी मित्र के यहाँ छोड़ जानेवाला सामान बमुश्किल पैक किया जाता है। अब, उन सामानों की बारी है, जो उसे साथ ले जाना है। तसलीमा सहमे हुए बच्चे की तरह, ख़ामोश बैठी हुई या बेचैनी से टहलती हुई!

अचानक उसने हड़बड़ी मचा दी, "एइ, चलो, चलो! यह सब छोड़ो। चलो, बाहर निकलते हैं।"

"अभी, इस वक्त? और पैकिंग?"

"छोड़ो यार, मेरा दम घुट रहा है—"

नीचे पुलिस का कॉन्वाय तैयार है! मैं, कृपाशंकर, स्वाति, संग्राम...सब टाटा सूमो में सवार हो जाते हैं।

"चलना कहाँ है?"

"सॉल्ट लेक! निखिल'दा के यहाँ।"

धुर दक्षिण से हमारा काफिला, धुर उत्तर पहुँचता है। रास्ते भर हम सब चुप!

"भई, इतनी चुप्पी क्यों है? कुछ बात करो न!" तसलीमा कई बार यह पहाड़ा बुदबुदाती है, मगर खुद सारे सबक, सारी पुख़्तगी, अल्हड़-प्यारी हँसी भूल चुकी है! फिर वही महा-चुप्पी!

निखिल'दा कैंसर के शिकार हैं। तसलीमा के बेहद अपने! तसलीमा उनके सामने जाकर, चुपचाप बैठ जाती है। बस, उन्हें देखती रहती है।

"सामान-वामान पैक हो गया?" निखिल'दा की पत्नी ने पूछा है!

तसलीमा चुप!

"बाबा तुम्हारी ही बातें कर रहे थे। तुम्हारे लिए चिंतित थे।"

तसलीमा चुप!

"क्या देख रही हो? अगली बार तुम्हारे आने तक, शायद मैं रुका रहूँ। अगर नहीं रहा, तो....."

और समूचा घर, तसलीमा की चीत्कार से हिल गया है। तसलीमा फूट-फूटकर रोती रही।

ना, आँखों को यह मंज़र बर्दाश्त नहीं हुआ। मैं और कृपा वहाँ से चुपचाप उठ आए। नितांत अकेली तसलीमा और ज़्यादा अकेली हो जाने के ख़ौफ से बेहाल!

तसलीमा, जब निखिल'दा के घर से निकलीं, तो रात के एक बज रहे थे। उसकी आँखें अभी भी बार-बार बरसती हुईं! गाड़ी चल पड़ती है। हममें से किसी के भी पास उसे तसल्ली देने को शब्द नहीं हैं!

"मुझे होटल नहीं जाना! चलो, यहीं से दिल्ली चल पड़ें।"

"छोड़, यार, चल, टिम्बकटू चलते हैं।" मैंने माहौल को ज़रा हल्का करना चाहा।

"कहीं भी चलो, बस, होटल नहीं। होटल नहीं जाएँगे, तो पैकिंग नहीं होगी। पैकिंग नहीं होगी, तो सुबह जाना नहीं होगा–"

गाड़ी फिर भी होटल की तरफ बढ़ती रही।

"नहीं, नहीं, गाड़ी घुमा लो। आज सारी रात कलकत्ते की सैर करेंगे। होटल नहीं जाएँगे।"

गाड़ी बेमक़सद शहर भर के चक्कर लगाती रही। हम गंगा-घाट पहुँचे हैं...वहाँ से दूसरी हुगली ब्रिज! कृपा का घर आ गया है। वह उतर पड़ा है। रात के करीब ढाई बज चुके हैं।

"उसका घर यहीं कहीं है?" तसलीमा ने दरयाफ़्त किया।

"नहीं, यहाँ से कुछ ही दूर! वह गली-गली निकल जाएगा।" मैं जवाब देती हूँ।

"तो उसे बीच-राह में क्यों उतारा? बीच-राह में किसी को छोड़ना बुरी बात है। चलो, गाड़ी घुमाओ, उसे घर तक पहुँचा आएँ।"

गाड़ी दुबारा मोड़ ली जाती है। कृपा को फिर उठाया जाता है। गाड़ी गली-गली घूमती रहती है और कृपा का घर भी आ जाता है। कुछ देर हम सब सड़क पर ही बतियाते रहते हैं।

गाड़ी फिर चल पड़ती है!

"मुझे होटल नहीं जाना..." तसलीमा फिर बुदबुदाती है!

किसी बिफरे हुए बच्चे की तरह बहला-फुसलाकर, उसे होटल लाया जाता है। रात के तीन बज चुके हैं!

"अब, चलो, सो जाएँ! सुबह देख लेंगे।"

लेकिन स्वाति और संग्राम किसी तरह उसका बैग पैक करके ही दम लेते हैं। मुझे पक्का मालूम है, बाकी रात तसलीमा आँखें मूँदे, सोने का बहाना किए रही। उस रात वह बिल्कुल नहीं सोई।

सुबह के झुटपुटे ने आवाज़ देकर मुझे उठाकर बिठा दिया—"उठो, दोस्त, इस सफर की आखिरी चाय! अब जाने का वक्त हो गया।"

तसलीमा चाय लिए खड़ी थी। काश, सुबह-सुबह यह विदाई का अँधेरा न उगता।

"यह लो...इसमें इस देश की खुशबू है..." मैंने उसे गुलाब, चंदन और जुही की खुशबू सौंपते हुए कहा, "मेरे और तुम्हारे देश की खुशबू...! जो तुम्हें आश्वस्त किए रहेगा—कोई देश, कुछेक दोस्त अब भी हैं तुम्हारे!"

तसलीमा काफी देर तक, वह खुशबू माथे से लगाए रही।

"लो, यह खुशबू उस देश की है, जिसने मुझे पनाह दी है, जहाँ मैं रहती हूँ—"

काश, हम जुल्म-अत्याचार, साम्प्रदायिकता, नाइंसाफी बाँटने के बजाय, अपने-अपने देश की खुशबू बाँटते! दूसरों का हक़ छीनने के बजाय, इंसाफ़ करते, जायज अधिकार एक-दूसरे को सौंप देते! जहाँ मर्द-औरत बराबरी का हक़ जीते!

हम लोग जैसे-तैसे तैयार होकर एअरपोर्ट भागे हैं। होटल की लॉबी में और एअरपोर्ट पर विदाई देनेवालों का हुजूम! तसलीमा सबसे मिलती-जुलती, विदा लेती रही। हम और कृपा एक कोने में एक-दूसरे को खामोश तसल्ली देते रहे।

तसलीमा अचानक हमारी तरफ बढ़ आती है....

"लो, कृपा, यह फूल तुम्हारे लिए! और, दोस्त, यह प्यार तुम्हारे लिए! देख लो, यहाँ से सब अपने-अपने घर लौटेंगे, लेकिन मैं? मेरा घर कहाँ है?"

माइक पर चेक-इन की हिदायतें गूँज उठी हैं!

"भालो थेको! मैं फिर-फिर आती रहूँगी!"

तसलीमा अपना दर्द भूलकर, हमें तसल्ली देती हैं और यात्रियों की भीड़ में गुम हो जाती हैं।

●●●